如果
沒有
那兩分鐘

六月中——著

想説一聲：

感謝家人，沒有他們的愛護，沒有今天的我。

感謝丈夫，沒有他的支持，沒有空間去做自己喜歡做的事情。

感謝朋友，沒有她們的鼓勵，沒有力量去堅持。

感謝網友，沒有他們的點擊，沒有信心去繼續。

感謝神，沒有祂的祝福，沒有可能發生的事不會變成有可能。

目錄

推薦序　古天農

　　人是喜歡看（或聽）故事的。好的小說總有一個好的故事，我們的四大小說就是四個好故事。

　　故事，英文是 Story，但中文「故事」一詞卻有另外一種伸延空間，例如交通意外，那是一件事而不是故事；但現場沒有人，那便是故事的開始了。

　　2003 年，中英劇團辦了一次以「沙士」為題材的「《隔離左右》——『沙劇』故事／劇本創作比賽」，目的就是尋找一個好故事。至於分開故事和劇本兩組，因為前者較為普及，多些人容易參與。想不到榮獲公開組「最佳故事獎」的六月中，亦因此開展了寫作的第一步，那真是始料不及。

　　近年寫作的發展已出現了不少新的類型，好像 Short short stories， 甚 至 Flash Stories、LitRPG， 還 有 Flash Drama、Flash Plays 等等。《如果沒有那兩分鐘》當然是傳統的小說類型，但故事內容則有不少意想不到之處，出現的大大小小人物相信不下二三十位，而背景則是我們熟悉的香港。我們看到的也不是命運交響曲，而是命運交錯曲。對於一位有才華的作者，我們是否可以多珍愛一點呢？因為寫作不是一件易事，而要人不寫作容易，但要人寫作則難了。

六月中是唸法律的，我希望她下一部小說可以寫一個有關香港法庭的故事，因為香港至今連一個好的法庭故事也沒有。我們身邊不乏好故事，問題是我們有否用自身的「天線」去接收。

　　罷了，六月中就是「有天線」之人。

　　六月中，we are all dying for a good story！

古天農

中英劇團藝術總監

第一章
她們的前生今世

　　遺棄，一個狠心的決定。被遺棄的，除認命外，唯盼有好心人幫她們扭轉命運。

　　深夜，皎潔的圓月在黑黝黝的蒼穹中顯得分外明亮，銀白月光撒落於某個漆黑房間中的一個角落。這房間裏有十多張嬰兒床，它們都是沿着牆身擺放。房裏頭還有一部大電視機，一張長沙發，地上鋪了軟墊和放了不同的玩具。此刻，躺在嬰兒床上的小寶寶全都呼呼大睡，只是還有兩個──幸兒和霉兒，不停地「咿咿呀呀」，說着她們自己的言語。

　　這對半歲大、咿咿呀呀的姊妹花，睡在同一張嬰兒床上。她們的母親是一個未成年少女，糊裏糊塗地跟男朋友上了床，後來男朋友一聽到她懷孕了，就速速逃之夭夭。幸好父母沒有離棄她，等女兒誕下小寶寶後，少女的父母一方面將女兒送到加拿大讀書，另一方面將一對小寶寶送去孤兒院，誓要這三母女老死不相往來，這樣女兒才可以重新做人。

　　幸兒和霉兒是一對異卵雙生的姊妹，所以並不像一般的雙胞胎那樣，有着相同的樣貌。這對樣貌不一樣的雙生兒，命運也是大相逕庭。

　　「姐，聽那些照顧我們的阿姨說，明天有一對夫婦來看我們，很可能會收養我們其中一個。」霉兒說。

「嗯，我也有聽說過。」幸兒說。

「姐，我想求你一件事？」

「什麼事？」

「我們在靈的世界的時候，我的不服從令天神很是不滿，所以要我一輩子走霉運。而你一直虛心地追隨着祂，祂就祝福你一輩子好運。」

「當時我已經不停地勸你，說沒有解決不了的問題，只是失了方向而已，叫你別一遇到考驗就大吵大鬧，你就是不聽，才會得到這走霉運的懲罰！」

「現在再說這些又有什麼用！」

幸兒靜了下來。

「姐，既然你會一輩子好運，那就算明天那對夫婦不收養你，你早晚也會離開這孤兒院。你可不可以將明天的機會讓給我，讓我先走？」

幸兒立即說：「其實我只是比你早兩分鐘出生，不過就是這兩分鐘，我願意盡全力去照顧。可以，我讓你先走！」

「姐，謝謝你呀！那明天如果那對夫婦抱你，你就不停地放聲大哭，直到他們放下你為止。」

「好的。」

第二天，那對想領養嬰兒、年約三十五六歲的夫婦來到孤兒院。這對夫婦都是專業人士，他們一直想有自己的孩子，奈何丈夫的精子數量偏少，努力了十年還是無法成功，故最終決定收養。

他們來到幸兒和霉兒住的房間，當時兩姊妹正和其他小寶寶在地上玩耍。夫婦二人第一眼看見這對小姊妹時，均比較喜歡姐姐，因覺得姐姐的樣貌比較可愛。妻子走到幸兒的身邊，興高采烈地將她抱起來，沒想到幸兒的反應卻是拚命地放聲大哭，頓時嚇得她手足無措。無論夫婦兩人怎麼嘗試用不同的方法哄幸兒開心，她就是一直哭個不停。妻子只好放棄了，將幸兒放回地上玩耍，幸兒隨即靜了下來，她遵守了對妹妹許下的諾言。

　　「我們跟這個寶寶應該沒有什麼緣分。」妻子無奈地說。

　　「嗯，」丈夫應了一聲，「不過她的妹妹也很可愛呀。」說畢，就抱起幸兒旁邊的霉兒。

　　霉兒被抱起來的時候，臉上掛着開心的笑容，而且還會用小手輕擦丈夫的面頰，「咿咿呀呀」的叫着，逗得丈夫好開心。妻子看見這寶寶如此乖巧，也搶着要抱她。

　　今天，孤兒院的工作人員為霉兒開歡送會。霉兒被那對夫婦領養了，馬上就要走了。在離開的一剎那，她和幸兒突然嚎啕大哭起來，好像知道自己即將要與親人分開一樣！大家都覺得很神奇。

　　由離開孤兒院的一刻，她重生了！

　　霉兒在車子裏。

　　她的新爸爸正坐在前面開車，新媽媽就陪着她坐在後面。她覺得好幸福呀！雖然注定了要一輩子走霉運，但總不能坐以待斃。幸虧有姐姐幫忙，她才可以跟命運拼一拚，現在總算有

一個好的開始。霉兒對將來充滿憧憬，想着有父母的疼愛，日子應該不會很苦，就安心睡了。在睡夢之中，她突然聽見一聲轟天巨響，她的憧憬在瞬間化成泡影！

命中注定的，逃也逃不了！

那轟天巨響是巨大的撞擊聲！當時，交通燈由綠燈轉為紅燈，新爸爸就把車子停下來。對面行車線開跑車的司機，喝了酒、吸了毒，神智不清，以為自己身在網絡世界的戰爭遊戲裏，開的是裝甲車，而對面行車線的私家車是敵軍的軍車。於是他加大馬力，向對面行車線的軍車衝過去！一聲轟隆巨響後，兩名司機當場死亡，私家車上的女乘客和嬰孩受了傷，但沒有生命危險。

第二章
現場

二十五年後。

傍晚時分，繁忙的商業地帶，川流不息的人群，上班一族個個行色匆匆，趕着回家。在熙來攘往的街道上，有一男一女正站在路邊。他們都板着臉，互不瞅睬。過了良久，男的終於開口道：「我不是跟你解釋了好幾遍，昨天晚上是她主動抱着我。她抱我的時候，我連碰她一下都沒有。」

女的說：「無緣無故，她怎麼會主動抱你？」

「我怎麼知道她在發什麼神經！我早就跟她說了你是我女朋友，我對她沒興趣，怎料到她還會那麼無聊！」

「是我親眼看見的，你以為我會相信你這些鬼話嗎？」

「事情並不是你看見的那樣，你可以去問問在場的其他人呀。我真的沒騙你，你為什麼不肯相信我！」

女的感到被背叛，怒火中燒，氣憤地說：「你去死吧！你死了我就相信你！」

男的感到很委屈，咬牙切齒，悲憤地說：「好，你別後悔！」接着向車來車往的馬路衝出去，決心一死以表清白！

女的嚇得目瞪口呆！

「Cut！」史導演大叫道。

史博聰，一位新晉導演，三十多歲，身材胖胖的，蛇頭鼠

眼的樣子。這鼠眼導演其實沒有什麼藝術細胞，不過偷取原創意念的本領就相當高明。他正在拍的這部電影，創作意念就是來自從前與他在電視台一起工作的一個導演。他略施小計，對方就把故事橋段全講出來，而他就拿着那橋段找到現在的老闆投資。

史導演問旁邊的攝影師：「琛哥，這鏡頭 OK 嗎？」

攝影師雷鐵琛，一個身材中等、四十歲左右的中年人，在電影界頗有名氣。他不苟言笑，略帶滄桑的一張臉經常掛着幾分威嚴，樣子蠻酷的。

「會補拍大頭嗎？」琛哥問道。

「會呀。我會先拍耀華衝出馬路的鏡頭，然後再補拍他和妍婷的大頭。」

「那這鏡頭沒問題呀。」

「好。」史導演跟着告訴琛哥他下一個鏡頭打算怎樣拍，同時又吩咐副導演孜承和若娟準備拍下一個鏡頭的事情。

「阿輝，你去叫若娟過來。」燈光師在打燈的時候，琛哥對他的助手說。

「哦。」阿輝是個高個子，中學畢業後就出來混，十九歲那年在酒吧遇上琛哥，便開始跟他學拍電影，一晃十年過去了。攝影組還有兩個助手，阿炳和阿文，他們都是阿輝的手下。

這大街上，不同的商鋪一家挨着一家，路上擠滿了逛街的、購物的，還有好奇看電影拍攝的行人，人流絡繹不絕。攝製隊就在街道上不同的角落，等待着燈光組打燈。

「娟娟，琛哥找你。」阿輝走到街頭的另一邊跟若娟說。

若娟是這部電影的第二副導演，二十多歲，樣貌、身材普通，一頭短髮，個性爽朗。她那爽朗的個性讓男孩子喜歡跟她交朋友，女孩子喜歡跟她談心事。

「找我有什麼事？」當若娟聽見琛哥找她，馬上眉頭一皺。

「不知道，琛哥沒說。」

「娟娟，你今天是不是又做錯了什麼，還是說錯了什麼，惹琛哥生氣？」站在若娟身旁的孜承馬上緊張起來。

孜承是第一副導演，家境頗佳，是獨生子，人也挺敦厚，比若娟大四歲，皮膚黝黑，長得高高瘦瘦的。他是若娟的學長，和若娟在同一所大學的傳理系畢業。孜承對藝術、對電影，有天分、有熱誠，夢想是要成為出色的電影導演。

「沒有呀，我都被罵怕了，現在連站在他老人家旁邊說話都不敢。都不知道為什麼會這麼倒霉，上兩部電影碰到他，這部電影又碰到他！」若娟立即回道。

「阿輝，我和你過去看看是什麼事吧。」孜承一直把若娟當作妹妹般看待，很照顧這學妹。

阿輝卻站着不動。「承仔，琛哥不是找你呀。如果是你過去，他一定會連我都罵，你別害我！」

「師兄，應該不會有什麼事。阿輝，我們走吧！」若娟只好豁達面對。

「娟娟，祝你好運！」一直在附近聽着他們交談的頌慈，看見若娟要去面聖，趕快走到她身邊，挽着她的手臂，輕聲說。

「每天給他罵一次，又不會死，沒什麼大不了！」若娟微

微一笑，輕鬆地說。

頌慈是服裝助理，跟若娟年齡相若，身材矮小，經常束着馬尾，人雖然蠻情緒化的，但很聰明。頌慈在大學裏修讀的是時裝設計，人生目標是要拿到金像獎的「最佳服裝造型設計」。

「琛哥，找我有什麼事？」若娟來到琛哥面前，恭恭敬敬地問道。

「剛才拍那個 wide shot，妍婷偷望了鏡頭一下。待會幫她補拍大頭的時候，你站在攝影機旁邊，給她一個視線，讓她不要再偷看鏡頭。」琛哥抽着煙，面無表情。

「知道。還有別的事情嗎？」若娟依然恭恭敬敬。

「你去告訴妍婷她剛才偷望了鏡頭，叫她待會要好好看着你給的視線。」

「好，那我現在就去。」

若娟轉身去找妍婷，一轉身就看見站在遠方的孜承和頌慈注視着她這邊的情況。她望着他們，開心地笑着，用脣語說：「沒事！」

孜承和頌慈也報以微笑，然後安心地繼續他們的工作。

在熙熙攘攘的街道上拍電影，有些人覺得有趣，有些人覺得滋擾，而副導演的其中一個職責，就是要防止路人走進鏡頭。孜承在拍攝妍婷的特寫鏡頭時，突然肚子不舒服，上了洗手間。若娟就站在攝影機旁邊，舉起手，握着拳頭，讓妍婷望着她的拳頭說對白和做反應。

就在這時候，有一位老伯，應該是屬於後者，面帶煩厭地故意在鏡頭前走過。

「Cut！」史導演吆喝道，「那兩個白痴副導演去了哪裏？」

「……我在這裏。」站在史導演後面的若娟，聲音有點抖地回答。

「他媽的，你不去攔人，站在這裏幹什麼！公司不是請你回來看人拍電影的！」

若娟不敢回答說是琛哥叫她站在攝影機旁邊給視線，怕琛哥說她推卸責任。她有口難言，只能乖乖地站在那兒挨罵。

導演在罵人，整個攝製隊都靜了下來，差點連呼吸都不敢。唯有一人，地位超然，很不爽地喝斥道：「你罵什麼呀你！是我叫若娟站在這裏給妍婷一個視線，有什麼問題？我們現在在拍訪問嗎？你要妍婷望着鏡頭演戲嗎？」

「琛哥，當然沒問題，我只是不知道你叫若娟站在這裏給妍婷視線而已……」新導演怎敢頂撞有名氣的攝影師，鼠眼導演立刻低聲下氣說。

「不知道就先問清楚，別動不動就在我耳邊亂叫，影響我的工作情緒！」

「你這個臭老頭，只不過是有點名氣，就在我面前扮大哥！好歹我也是導演，大叫又怎樣！要不是陳老闆那個傻瓜要用你，我才不要你這臭老頭拍我的電影！」鼠眼導演一臉不服氣，心裏臭罵着。

其實琛哥當初也不想接拍這部電影。他是個急性子，很不喜歡跟新導演合作，嫌他們沒經驗，拍攝進度會比較慢。這部電影的老闆老陳，是琛哥十多年的老朋友；他就是擔心鼠眼導演沒經驗會亂來，於是找了很有經驗的製片嫦姐幫他看着製作

費，和希望琛哥能接下這部電影，幫他看着拍攝現場。因為是老朋友，琛哥還是答應了幫老陳這個忙，條件是要孜承和若娟當這部電影的副導演。

「孜承那臭小子去了哪裏？」鼠眼導演覺得很沒面子，一定要找一個人來出氣，便問若娟道。

「他肚子不舒服，上廁所了。」

「真是懶人多屎尿！」鼠眼導演憋着一肚子氣，他是導演呀，竟然想找個人來罵都這麼難！而且他還覺得每次他罵若娟，琛哥總會有話給他聽。

「好，我們再來一個。妍婷，你知道視線在哪裏了嗎？」他不太高興地叫道。

妍婷點頭。

「那我去攔人。」若娟這回很識趣，可是她還未轉身走，就聽見琛哥嚴厲地說：「我有說你可以走開不用給視線了嗎？」

若娟隨即站在那兒，動也不敢動，也不敢說給視線這事情阿炳和阿文也可以做。她繼續舉起拳頭，不明白為什麼琛哥總是喜歡刁難她！

「阿炳、阿文，你們去攔人，免得承仔待會受罪。」琛哥吩咐他的兩個手下說。

「哦。」阿炳和阿文聽從琛哥的命令去做。

「Action！」史導演叫道。

在拍完妍婷的特寫鏡頭後，孜承回來了。頌慈馬上向他彙報剛才的罵戰，叫他今天晚上要機靈一點，要不然隨時會成為箭靶。孜承倒感到害了若娟捱罵，很過意不去，趕緊去找若娟。

「你沒事嗎？」

「你回來了！我還在擔心如果你還不回來，待會要安排拍妍婷在馬路上抱着被車撞倒的耀華的那個 wide shot，我一個人該怎麼辦！」她是如此平靜，好像什麼事都沒發生過。

「頌慈告訴我，剛才你因為我給導演和琛哥罵了。對不起呀！你沒事吧？」孜承關心的卻是若娟的感受。

「家常便飯而已！天天難過天天過，我從來不會把他們的話放在心裏，要不然我早就去了見閻羅王。你用不着介懷呀！」若娟望着孜承坦然一笑。

「你沒不開心就好了！」

晨光將至，攝製組加快動作，希望盡量搶拍多兩個鏡頭。

「收工！」天亮了，史導演大叫道。

大家通宵工作了一個晚上，每個人都倦容滿面。在收拾東西的時候，若娟看見站在小貨車旁邊的那個人，即時倦意全消，而且還笑容滿面，更加快腳步走到那人身邊。

「你怎麼來了？」若娟說。

「來接你呀。」貫偉笑着說。

其貌不揚、中等身材的貫偉，是若娟的男朋友，也是這部電影的助理製片。他和若娟是大學讀傳理系的同學，兩個人看上去很般配。

「你怎麼知道我現在收工？」

「我聰明呀，合指一數，就知道你什麼時候收工。」貫偉揚揚得意說。

「廢話！」若娟嗔道，臉上依然掛着開心的笑容。

「其實是承仔告訴我的。待會他要帶我去看一個拍攝場地，看看是否適合做妍婷的家，所以我們昨天就約好了，着他今天收工前打電話給我，我就來現場找他一起去。不過我是趕過來的，希望可以先送你回家。」

「哦，原來是這樣。」

「你來了。」孜承在忙完後，看見貫偉來了，就向他那邊走去。

「嗯，可以走了沒有？」貫偉說。

「我約了那位世伯十點鐘見面，現在還早，我們先去吃早餐吧。娟娟，你去問問頌慈要不要一起去。」

「既然是約了十點鐘，為什麼要我大清早過來！」貫偉抱怨說。

「因為你經常遲到呀！」孜承理直氣壯地說。

孜承並不太喜歡貫偉，覺得他這個人好高騖遠，而頌慈甚至認為貫偉會是一個見利忘義的小人。人與人之間的感覺畢竟是雙向的，基本上貫偉也不太願意單獨對着孜承，所以當若娟提議一起去看場景的時候，貫偉馬上說好，不料孜承卻反對。

孜承着若娟回家好好休息，因為他們這天晚上也是開夜班。若娟非常欣賞和尊重孜承，在她眼裏，孜承就像哥哥一樣，他說的她都聽。若娟不再堅持，然後去了服裝車找頌慈一起去吃早餐。貫偉看在眼裏，心裏倒有點不爽。

四個年輕人吃完早餐後，兩個女的回家睡覺，兩個男的則繼續他們的行程。

第三章
《越空弒夫》

若娟在九點左右回到家。

她真的很累，剛才在回家的巴士上，她已經睡着了，要不是貫偉叫醒她，她肯定會錯過下車的巴士站。此刻，若娟只想一頭栽進那張舒服的床，睡個天昏地暗，怎料到她一踏入那個沒有花、沒有草，只放着雜物的前院，就看見正要離家的母親珮雲。珮雲立即叫若娟幫她拿文件給丈夫啟明，因為他今天早上要跟客人簽約，但忘了帶文件，偏偏她今天早上須抓緊時間賣掉手上的股票，所以不想外出。

「可是我昨天晚上通宵工作，現在好累呀！可不可以叫鴻泰去？」鴻泰是若娟的弟弟，正在睡覺。

「你不幫忙就算了，別想折磨你弟弟！你也不想想，縱使我和爸爸不喜歡你讀電影，也讓你讀了。這幾年你拍電影，賺不到幾個錢，沒拿過家用回來之餘，還要我和爸爸照顧你的生活，可是我們連一句埋怨的話都沒有。現在要你做點事，你卻推三推四！」珮雲氣道。

每次若娟不順從珮雲的意思，珮雲都會講這些話要她難受。起初她也會反擊，但久而久之，實在很煩、很累，懶得再跟說個不停的母親糾纏下去。

若娟只好乖乖地去了。

「總是要我生氣你才肯動！」珮雲仍然黑着臉。

從若娟在元朗的家到她爸爸在九龍的地產公司，坐巴士大概要一個小時。若娟在巴士上，望着車外的景物，腦海裏迴盪着母親剛才那堆大仁大義的廢話，心裏很氣憤。

說什麼讓她讀電影！若娟原本是可以去紐約大學修讀電影的。當年，她的父母不讓她去紐約，認為她要讀的是一些不切實際的科目，只會浪費他們的金錢。如果她真的想讀電影，就在香港讀，而且每年暑假都要去爸爸的地產公司工作，賺錢幫補學費，要不然就甭想追逐什麼夢想。後來鴻泰說要去加拿大讀音樂，父母卻欣然答應。

說什麼沒拿過家用回家，說什麼要父母照顧生活！打從她讀大學起，每逢學校放假，她都要去爸爸的公司工作。大學畢業後，在沒有拍電影的日子，爸爸也會叫她去公司上班。這麼多年來，若娟沒領過薪水，連她成功出售房子的佣金，也沒拿過。讀大學的時候，還可以說是要用她的薪金、佣金來補貼學費。畢業後，為什麼還要扣起她應得的報酬？

若娟曾試過向父親要薪水或是部分佣金，因為拍電影的收入很不穩定，有時候好幾個月、甚至半年也接不到工作。

啟明拒絕了若娟的要求，還義正詞嚴地說：「你住家裏、吃家裏，我有沒有叫過你交房租、交膳食費？你現在竟然來跟我要薪水、要佣金？真是豈有此理！我跟你說，你幫公司賺到的那一丁點錢，就當作是家用吧！」

啟明說這番話的時候，珮雲正坐在他身旁。

若娟依然望着窗外，悶悶不樂。在家裏得不到家人的支持，在工作上又經常受到無理的指責，真是很沮喪，彷彿逆來順受是她唯一的出路。

　　然而，她那樂觀的個性不容許她往下沉，馬上跑出來對她說：「管他支不支持、指不指責！反正現在的環境可以讓你做你喜歡做的事情，就要好好利用，盡情去做！」

　　壓在她心扉上的那塊石頭消失了。

　　中午十二點左右，若娟又回到家了。她匆匆洗過澡後就睡了，不過只睡了兩三個小時就醒了。醒後，她躺在床上，好像在想什麼似的。忽然間，她興奮地大叫：「對，應該可以這樣！」

　　她馬上從床上跳起來，從她那白色、寬敞的房間的一頭跑到另一頭，來到書桌前坐了下來，打開電腦，開始敲打鍵盤。原來若娟正在寫一個關於一個女人為了救死去的兒子，穿越時空謀殺親夫的劇本——《越空弒夫》。

　　若娟望着電腦熒光幕，手指在鍵盤上迅速地打呀打，熒光幕隨之出現——

　　兆龍奄奄一息的躺在地上，衣服沾滿鮮血，一隻手放在被刀刺傷的傷口上，另一隻手握着母親的手。

　　『媽，我很怕，我不想死。』

　　『你忘了我們是許仙和白素貞的後人，有着穿越時空的超能力嗎？就算你現在死了，我也可以穿越時空把你救活。總之媽媽一定不會讓你死，你不用怕。』許虹緊緊捉着兒子的手，滿臉淚痕，但仍然勉強地擠出一絲笑容。

『媽……』兆龍流了最後的一滴淚，氣絕了！

『兆龍、兆龍！』許虹不停地搖動兆龍的身體，歇斯底里的大叫，呼天搶地的大哭，但兆龍再不可能有什麼反應！

在哭得肝腸寸斷後，許虹坐在兒子的屍首旁邊發呆，過了好一會兒，突然自言自語道：『仙草！令人起死回生的仙草！』

她馬上衝進房間，在房間裏瘋狂地翻箱倒櫃：『在哪裏？到底放了在哪裏？』

終於在其中一個抽屜裏找到了！許虹手裏拿着父親留給她的一本書，和一張峨嵋山的地圖；在細心閱讀書本和地圖後，她把它們放進背包裏，再收拾了一下行裝，揹着背包走回客廳，對着死去的兒子說：『兆龍，我現在去峨嵋山找仙草回來救你。你先躺着，我很快會回來。』

說罷，她閉上眼睛，集中精神想了一想，消失於時空……

這時候，書桌上的手提響了。

「喂。」若娟接聽電話，敲打暫時停止。

「娟娟，妍婷呀。」

「大明星，找我有什麼事？」若娟邊說邊慢慢走回床上，跟着躺了下來，優哉游哉地講電話。

「不是叫你不要叫我大明星的嗎？」妍婷埋怨着。

「無所謂啦，你是大明星呀！」

「可是我們是朋友呀！」

「那妍婷小姐，找我有什麼事？」若娟的臉上露出一抹微笑。

「訴苦呀！」

「怎麼了？」

妍婷將早上回到家後，和妹妹爭吵的事告訴若娟，心中依然不忿地說：「一直以來都是我在外邊掙錢養家，可是家裏只有我弟弟尊重我、體諒我。我媽媽和我妹妹，一個只懂得跟我要錢，另一個每次看見我都給臉色我看，真是氣死我了！」

「你又不是不知道你妹妹那副什麼事情都看不順眼的脾性，你就別理她。」

「要不是我每天辛苦工作賺錢，讓那臭丫頭不愁吃、不愁穿，她哪來資格什麼都看不順眼！」妍婷卻怒叱道。

「這麼小的事情就氣成這樣，如果你妹妹對你就像我媽媽對我那樣，那你不就要去跳樓、死了算了？」若娟只好安慰妍婷說。

「怎麼了？你媽媽是不是又說你沒給家用？」妍婷果然不再發牢騷，關心地追問道。若娟瞭解她的狀況，她也瞭解若娟的狀況。

這回輪到若娟訴苦了。

「早就叫你和我一起搬出去住，你又不肯，現在只好繼續忍受你媽媽的無理取鬧！」妍婷聽完若娟講述今天早上珮雲逼她拿文件給啟明的事後，沒好氣地說。

「搬出去住？說就容易！」若娟一面無奈，腦海裏隨即掛滿了林林總總的月結單，嘆氣道。

「我不是跟你說了好幾百遍，如果你和我一起住，生活費的事情，你不用擔心呀！」

「我也說了我不想欠你人情呀！」

「我只不過是想提醒你，我的承諾至今仍然有效。」妍婷頓時像泄了氣的氣球般。

「總之謝謝你了！」若娟認真地說。

「嘿，你覺得我昨天晚上那幾場戲演得好不好？」憋在心裏的一口悶氣吐出去後，妍婷的心情比剛才好多了，開始和若娟閒聊起來。

「我覺得你衝出馬路那場戲，表情有點誇張，應該可以……」

第四章
一顆新星的誕生

妍婷是近年電影圈新冒起的女明星之一。她和若娟可以說是識於微時，兩人在一個拍戲現場相遇，拍的都是她們的第一部電影——《愛無悔》。

那時候的她們，一個是演員，一個是場記。當年的妍婷，是一個沒接受過專業訓練，沒有任何演戲經驗的新演員；沒訓練、沒經驗，演起戲來自然是表情生硬，頻頻 NG。結果是越怕 NG，越是 NG，拖慢了整個拍攝進度。

妍婷從來沒有忘記過她的第一部電影，尤其是那一天。

那天，中午時分，一家位於樓上的酒吧還沒開始營業，但酒吧裏已人頭湧湧，酒吧的窗口全被黑布遮蓋住，惟恐有一絲白晃晃的陽光闖進來。其實妍婷正在酒吧裏拍攝和男主角震年初次相遇的部分，大家都在為拍攝她走入酒吧的鏡頭做準備。

燈光師在演員站着講對白的位置上，貼上封箱膠紙所製的 T 字記號，有兩個跟妍婷和桂嵐身材差不多的工作人員，站在那貼着記號的位置讓燈光師打燈。攝影組就忙着在酒吧門口後面鋪設鐵軌，然後把軌車放在鋪好的軌道上，再放上三腳架、Arri Alexa XT 攝影機和一個箱子。所謂軌車其實只是一塊木板，木板下面有四個輪子。

「來，試推一下。」一切準備就緒後，攝影師坐上箱子發號施令。他們需要試速度、看光線。「……快一點……慢一點……這裏光一點……那裏暗一點……」攝影助手開始推動軌車，攝影師從攝影機的鏡頭望出去，指揮着說。

當攝影組和燈光組在忙的時候，導演就向演員講解這個鏡頭的安排。攝影機將會放在酒吧門後，待妍婷一推門進酒吧，攝影助手就會開始把軌車向後推，然後妍婷繼續向前走，鏡頭會慢慢拉開，逐漸呈現震年站在妍婷身後、抽着煙的朦朧身影。

妍婷走到 T 字記號的位置，停下來四處張望。

「怎麼這麼晚才來？」桂嵐走入鏡頭問妍婷說。

妍婷馬上皺起眉頭回道：「我正要出門口的時候，媽媽又在囉囉唆唆！我就和她大吵了一頓，所以才這麼遲呀！他來了沒有？」

導演說着，心情輕鬆。妍婷聽着，心情沉重。要走、要停、要講對白，怎麼這個鏡頭如此複雜！快一點鐘了，她不期然掃視了一下酒吧裏的所有工作人員，因為這個鏡頭而耽誤了所有人的吃飯時間，一定會被罵死！

想着，想着，手心竟開始冒汗！

一聲「Action」，恐懼的、憂慮的，通通在她面前出現。她顧得走，就顧不得停；顧得停，就顧不得講對白！在之後的半個小時，攝影助手不停地前前後後地推，神情一次又一次失望；導演不斷地叫「Cut」，聲音一次比一次煩躁。而她，縱使很努力，還是以失敗告終！

「就算不懂得演戲，也應該懂得說話呀！怎麼會笨得連這麼簡單的對白也講不好！不拍了！先吃飯吧！」人的忍耐力畢竟是有限的，導演終於爆炸了，禁不住大罵妍婷。

吃飯！妍婷怎可能嚥得下！她躲在酒吧的一角偷偷哭泣，心裏好後悔當初為什麼要為了想多賺點錢而答應拍電影。坐在不遠處的若娟，瞄到妍婷低頭哭泣的樣子，覺得她好可憐，就放下便當，從背包取出一張紙巾和一顆糖果，走到妍婷的身旁，坐了下來。

「別哭了。」若娟將紙巾遞給妍婷。

「謝謝你呀。」妍婷接過紙巾，擦掉眼淚。

「不用客氣。」

「對不起呀。」妍婷非常抱歉地說。

「幹什麼說對不起？」若娟卻感到莫名其妙。

「因為我，害大家拍一個鏡頭拍那麼久。」

「你把自己的工作做好就可以了，其他的事情別想太多。」若娟報以微笑，勸妍婷說。

「怎樣把工作做好？我根本不懂得演戲！」妍婷又開始哭了。

若娟讀大學的時候曾經修讀過一科戲劇表演，也曾是學校劇社的成員，參與過兩部話劇的演出，勉強也算是當過演員。她稍微思考了一下後，說：「既然不懂得要怎樣演，那就把一切都當成是真的……」

「把一切當成是真的？」妍婷一臉茫然，「是什麼意思？」

「意思就是要你把自己當成是那叛逆少女，為了一個男人而離家出走，出賣靈魂、出賣肉體，最後發現心愛的那個人原來是喜歡着另一個男人。你要用心去感受她的經歷，再將她的內心感覺表達出來。」若娟認真地解釋。

妍婷專心地聽，滿腹疑惑，好像明白、又好像不明白若娟的話。

「總之，先放開要怎麼演的包袱，好好去投入角色，讓她在你的心裏存在，你就會知道她是怎樣說話、怎樣反應的。還有，別怕，越怕越演得不好。」

「娟娟，你在哪裏？」孜承大叫着。

若娟聽見孜承的叫聲，「師兄在找我，我要走了。」臨走前將手裏的糖果交給妍婷，笑着說：「這是我發明的『忘憂糖』，吃了以後就會把不開心的事情都忘掉，請你吃呀。記得吃飯呀，要不然待會開工的時候肚子餓，是沒有東西吃的。」

若娟匆匆走了之後，妍婷拿起放在旁邊的便當開始吃，腦海裏想着若娟的話：「把一切都當成是真的……把自己當成是那叛逆少女……」妹妹慕婷的言行舉止不期然在她的腦海裏浮現。

那天下午，妍婷依然有 NG，但次數沒有之前的那麼多。她們再見面的時候，若娟送了一本書給妍婷：「希望這本書會對你有幫助。」

「真的很謝謝你，我一定會把它看完。」妍婷接過那本《電影：拍與演》的書，陣陣暖意湧上心頭，臉上掛着溫暖的微笑。

之後，在沒有開工的日子，兩個女孩子都會相約見面。起初她們談的都是電影，後來天南地北無所不談，兩人才發現大家都是得不到家人疼愛、支持的可憐蟲，不過妍婷比若娟更慘，她的父親早已離世。

這兩個身材差不多、年紀差不多，同病相憐的女生，很快就成為了好朋友。他們的第一部電影，票房相當不錯。妍婷更憑她在這部電影的演出，獲提名角逐最佳新演員獎。《愛無悔》除了讓妍婷的演技得到了肯定，也奠定了她在電影圈的地位。妍婷並沒有因為「爆紅」而自滿，心裏也一直感激若娟，而且她還經常閱讀一些關於演戲的書，又會向一些前輩演員請教演戲心得。

史導演的電影讓妍婷和若娟在工作上再碰頭。

從沒想過要做演員的妍婷，在機緣巧合的情況下進了娛樂圈。妍婷的家境並不好，她又身為家中老大，中學畢業後就開始挑起養家的擔子。當時，她是一名啤酒女郎，在酒吧裏賣啤酒。

那天晚上，四個電影人包括監製、導演、製片和編劇，到酒吧邊消遣邊商量要找什麼人參演他們的新電影。他們都希望找新人演出，一來可以減少製作費，二來也可以帶給觀眾新鮮感。當時，衣着性感的妍婷走到他們的桌子前擺姿弄騷，對他們拋眉弄眼。四個男人的眼球立即被這正妹吸引住，靈魂也被她那雙放電的鳳眼勾走了，只懂得色迷迷地盯着妍婷那甜美的面孔和標致的身材。結果，妍婷要他們買多少啤酒，他們就買了多少啤酒。

那天晚上，妍婷收到一張電影監製的名片。那監製向她表示想找她拍電影，如果她有興趣，可以去找他。妍婷下班回到家後，對晚上的奇遇有點半信半疑；反覆思量過後，她便叫朋友第二天陪她去電影公司，看看是怎麼一回事。

妍婷簽約了。她的夢想是兌現自己的承諾——要一家人有美滿的生活。為了達成這個心願，她要多賺點錢讓弟妹升讀大學，因此答應了接拍這部有不少性感鏡頭的電影，底線是絕不露點。

可惜妍婷的苦心並沒有得到她妹妹的諒解。妍婷以前在慕婷的心裏有着崇高的地位。妹妹非常感激姐姐為家庭付出，兩姊妹的感情相當好。可能是愛之深，恨之切，由妍婷開始當啤酒女郎起，慕婷就對姐姐很失望，甚至鄙視姐姐為了幾個銅臭而犧牲色相，誘惑臭男人買啤酒。

後來姐姐拍電影，慕婷以為姐姐回頭了，從良了，心裏好高興，還在學校裏到處宣揚她姐姐當明星了。怎料她在大銀幕上看到的竟然是近乎赤裸的姐姐，跟男人在床上翻雲覆雨！慕婷覺得好丟人！怎麼會有一個為了錢，完全不知廉恥的姐姐！

她之前在學校裏的宣揚，全被同學們視為炫耀，對她極為反感。當大家看到妍婷拍的是什麼電影後，心裏都好高興呀，馬上送慕婷一個「AV 妹」的封號，還挖苦她說：「姐姐不脫，妹妹沒書讀！」既然喜歡炫耀，那就好好教訓她一頓，讓她知道在同學們面前要懂得謙卑！

慕婷在學校裏受了委屈，自然要找一個人來出氣。她很快把一切算到妍婷頭上，認為自己的人格被姐姐用肉體賺回來的

骯髒錢玷污了，認為她的痛苦都是姐姐害的！自此以後，每當妹妹看見姐姐，猶如看見殺父仇人般，恨之入骨。為了不再聽到那「姐姐不脫，妹妹沒書讀」的廢話，慕婷開始逃學了。

今天早上，妍婷在通宵工作後，大概早上八點鐘回到家。她一踏入那五百多呎的大廳，就看見慕婷穿着睡衣、躺在那深褐色的意大利真皮沙發上看電視，感到很奇怪。

「你怎麼還在家？不用上學嗎？」

「不用你管！」慕婷看也不看妍婷一眼，黑着臉說。

「媽媽呢？」妍婷早已習慣了妹妹那張臭臉，沒有理她，繼續問。

「當然是出去了，還要問！」慕婷坐了起來，準備回房間去。

「世強呢？」妍婷無奈地搖頭嘆氣道，世強是妍婷的弟弟。

「哥哥回大學上課了。」世強沒有辜負妍婷的苦心，考上了大學修讀會計。

慕婷返回房間，妍婷跟着聽見門「砰」的一聲關上。

「臭丫頭！」妍婷坐在沙發上罵道。

她很累，躺了下來。原本只想好好休息一下，什麼都不理，可是一閉上眼睛，就看見慕婷剛才那副瞧不起她的嘴臉，和聽見那「砰」的一聲關門聲，心裏越想越不服氣。

「她憑什麼呀她！」妍婷憤然地說，跟着氣沖沖地走到慕婷的房間門口，大力拍門。「臭丫頭，你給我滾出來！」妍婷高聲喝道。

慕婷過了好一會兒才開門。她換了校服，白了妍婷一眼，一副懶得跟你說話的樣子，再向大門口直走而去。

　　「臭丫頭，你給我站住！」妍婷大叫着，「我哪裏得罪你了，你幹什麼一天到晚給臉色我看？」

　　「不想看我臉色，你可以搬走呀！」慕婷依然一臉不屑。

　　「搬！你吃的、用的，都是我賺回來的，你憑什麼叫我搬？」妍婷氣得青筋暴現。

　　慕婷不再是一臉不屑，她狠狠的瞪着妍婷，義正詞嚴地說：「憑我知道什麼是禮義廉恥，永遠不會像你那樣靠脫衣服去賺錢！」

　　妍婷從來沒有為自己的工作感到驕傲，她也有羞恥之心，可是為了弟妹，她又能怎樣？

　　不知道是羞愧還是憤怒，妍婷竟一時間說不出話來。她頓了一下後，怒叱道：「你那麼瞧不起我脫衣服賺回來的錢，你別花呀！」

　　「你那些骯髒錢，我將來一定會全部還給你！」慕婷馬上還擊道。「你別以為你賺錢養我就很了不起，你知不知道，跟你這種不知廉恥的人住在同一屋簷下，我連呼吸也有困難！因為空氣都會給你這種人污染了，所以我才叫你搬，而且是越快搬越好！」

　　妍婷整個人傻了，很想大罵慕婷忘恩負義，但又怕此話一出，妹妹真的會與她恩斷義絕，只好眼巴巴地看着妹妹悻悻而去。

慕婷走了之後，妍婷坐在沙發上發呆，腦海裏恍似空洞洞的，其實它早已被那承諾佔據了。

　　承諾，好偉大的名詞，好討厭的責任！為什麼，為什麼她是家裏的老大？為什麼，為什麼她不能夠像其他人一樣擁有一個正常的母親？為什麼這一切都要她扛起來？她也不過只是二十多歲！她討厭妹妹那副視她的付出如無物的嘴臉，討厭那不知所謂的母親，討厭那肩膀上的重擔，討厭自己被承諾捆綁一生的命運！然而，她又很清楚自己當初為何會作出承諾，很清楚自己願意為弟妹去歷盡艱辛！幸虧還有弟弟的尊重，他的一句「姐姐，謝謝你呀」，一切都值得了！

　　命苦，認命，也唯有這樣去面對自己的坎坷人生！

　　妍婷依然坐在沙發上發呆，淚水在不知不覺間直淌而下。要不是怕打擾若娟休息，妍婷早就打電話給若娟大吐苦水，怎麼可能等到下午才找若娟！

第五章
天生一棵搖錢樹

女兒成了明星，妍婷的母親淑珍好像中了六合彩般興奮，覺得自己家裏從此多了一個取之不盡的金庫，以後有花不完的金錢！年青時候的淑珍，喜歡漂亮的東西，喜歡追求時尚，沒想到現在可以回到從前，真是苦盡甘來呀！因為某個人的一句話，妍婷對於淑珍的揮霍起初並不太介懷，而且還放任母親愛怎樣花就怎樣花，算是對母親的一點補償。但久而久之，她的縱容換來了每個月六位數字的信用卡帳單。

妍婷擔心這大花筒遲早會變無底洞，曾多次向淑珍大發雷霆，淑珍卻一副愛理不理的態度。既然說話起不了作用，那就用行動吧！妍婷取消了淑珍其中一張附屬卡，以示警誡。這回，女兒的訊息母親迅速收到了。淑珍開始有所收斂，確實怕女兒會把附屬卡一張、一張的取消。

情況似乎在妍婷的控制之下，直至她被推跌入無底洞的某一天。

那天，淑珍和她的兩個朋友芳茵、秀蓮一起吃完午飯後便去了逛街。她們來到一間專賣各款時尚名牌手袋的商店。淑珍是這間專門店的常客，她一踏入店內，每個售貨員都是「呂太太」前、「呂太太」後的和她打招呼，而且還馬上向她推銷最新、最貴的手袋。

呂太太這位貴客是由專門店的經理國立親自接待的。每次國立看到呂太太，都是笑容滿面、殷勤無比，眼裏看見的全是貨幣符號。國立今天向呂太太介紹了一個價值二十多萬元的黑色鱷魚皮 Boy Chanel 手袋，三位女士對這手袋簡直是一見傾心。淑珍拿着手袋，掙扎着，試了又放下，放下後又再試，想着：「如果妍婷知道我買了一個二十多萬元的手袋，一定會大發雷霆！」她把手袋放回櫃檯上，一副滿不在乎的樣子，嘴裏不斷批評這 Boy Chanel 這裏不好、那裏不好，心裏卻是千萬個捨不得釋手。

　　國立見狀，立即出盡全力推銷，說什麼這手袋是最新版、限量版、收藏版，只是差那句「這是個百年難得一見的好手袋」沒說出口！芳茵和秀蓮就一心一意當路人甲、乙，看看這場戲如何收場。買賣雙方在周旋之間，路人甲突然拋出一句：「唉，你的女兒妍婷是大明星，二十多萬的一個手袋又不是買不起。喜歡就買，不喜歡就算了，別在這裏浪費時間！」

　　不知有心或無意的一句話，擊中了她的要害。極愛面子的淑珍，怎會容許自己在人前丟臉，尤其是她現在已貴為星媽！隨即大筆一揮，豪花二十多萬元。她沒有把那 Boy Chanel 帶回家。那天妍婷不用拍戲，正在家裏休息。

　　「我待會還有地方要去，你明天將手袋送到我家，可以嗎？」簽卡前，她問了一句。

　　「當然可以呀。明天我放假，會親自把手袋送到府上。」國立笑着回答。

簽卡時，淑珍努力去合理化自己的行為，想着：「已經有好幾個月沒有買東西了，這個手袋只不過是將之前省下來的金錢，今天一次過花掉而已，一點都不過分呀！」

　　正所謂「沒有無緣無故的愛」，國立願意犧牲放假的寶貴時間去為淑珍送貨，因為他有一個未完的心願。少年時候的國立，一直夢想自己長大後會成為模特兒或是演員。他有一張俊俏的臉孔，可惜個子並不高大。長大後，以他的身高，征服天橋無望，但當演員還是可以的。國立常以劉德華、梁朝偉為目標——他們都不是高個子呀！

　　其實國立以前曾做過一些硬照廣告的模特兒，不過廣告商和攝影師都嫌他表情生硬，不願意再用他，之後就與演藝界無緣。如今已經三十歲的國立，早以為少年時候的夢想已成泡影，但昨天當他聽到呂太太的女兒是呂妍婷時，眼睛立即閃閃發亮，點點希望開始在他心裏燃燒，腦海裏閃現着：只要接近呂太太，拜託她，請她女兒幫他的忙，那他的演員夢就有機會成真！

　　第二天，早上大約十一時，國立去了中環半山一個共有三座的豪宅屋苑，這屋苑曾是半山樓王。國立來到屋苑的大堂，告知管理員他要找一座的呂太太；在登記和管理員通傳後，有專人帶他到一座。當他們來到一座，那人便禮貌周全地幫國立推開一座大堂的玻璃門，讓他進去。國立步入那個灰色雲石牆、淺粉紅色雲石地的雲石大堂，第一個感覺是這大堂的樓底很高，左邊的一排落地玻璃，望出去是青葱的樹木、蔚藍的天空，令人感到置身於繁華都市裏仍能感受到大自然的氣息。

他向前走着，前面是一條寬綽、看不到盡頭的走廊。走了二十步左右，他看見他的右邊出現了一個橢圓形的「房間」。這橢圓形「房間」的牆身約五、六呎高，是由一排木接着一條雲石柱那樣組成的，還有一個類似門口的空位，但沒有門。國立很好奇，很想知道這「房間」到底是什麼，便走進去看看；一看，心裏不期然驚歎一聲：「嘩！」

這個約二百呎大的空間，原來是郵件室，每排木上面是一個、一個的信箱。原來在豪宅，信箱是不可以隨隨便便設置在大堂的某一道牆壁上的，它們需要有獨立空間，好讓住客感受到縱使是收信這麼小的事情，他們都比一般人尊貴！

他離開了郵件室，繼續向前走，來到走廊的盡頭。走廊盡頭有一個簡單而幽雅的休閒小角，放了兩張單人歐式皮沙發，沙發之間有一張小茶几，牆上掛了一幅巨大的印象派油畫。他再向右轉，看見電梯了，心裏又一聲驚歎——眼前又是一個大堂。這電梯大堂應該有四分三個羽毛球場那麼大，有兩個頑皮的小男孩正在大堂裏踢足球。國立在等電梯百無聊賴時，竟注意到電梯是安裝在一道仿古大宅設計的雲石牆上，這三道電梯門，看上去就像進入這大宅的三道大門。

「好有心思呀！」他想着。雖然雲石牆、雲石地已過時，但從走廊走到這電梯大堂，其面積之大，設計之獨特，都甚有氣派。真不愧為豪宅，國立心裏很是羨慕！

國立在淑珍家的門口，把手袋交給她家女傭；很可惜地，女傭沒有讓國立進屋內，他是多麼想看看大明星的家究竟是怎樣的！當他轉身離開時，淑珍從屋內急步走出來，叫着：「阿國！」

國立回過頭來，淑珍正好走到大門口，並對他說：「阿國，反正你今天放假，可不可以幫我把那些無用的手袋和衣服搬到樓下的迷你倉？」

　　一聽到淑珍的要求，國立心裏就臭罵着：臭婆娘，我不是你的搬運工人呀！但有求於人，立即面帶笑容說：「沒問題呀！」

　　淑珍說的樓下其實是指樓王下面的另一條街道，同樣位於半山。國立走在女傭後面，兩人手上都拿着兩大袋東西。他心裏想着半山居然有迷你倉，這倉的租金一定是十分昂貴。他們來到半山的另一座大廈，這大廈的大堂裝修也是頗華麗的，不過面積就比較小，一望便盡收眼底，國立竟有點瞧不起它。他們來到大廈裏的一個海景單位，國立才恍然大悟——所謂迷你倉，原來是妍婷在半山的另一個物業。淑珍用這個單位來放置雜物，所以叫它做迷你倉。

　　當國立一踏入迷你倉，就被一邊是青馬大橋，另一邊是尖東海旁的無敵海景懾住了！剛才他沒有機會看看大明星的家有多大，此刻他就藉口要去洗手間，乘機在屋裏遊走。這單位有三房兩廳，其中的主人房是套房。他邊看邊想，這裏應該有千多呎吧，再加上那無敵海景，價值可能超過二千萬。

　　「迷你倉，我呸！」國立很不服氣地想着。他們剛把東西放好，就收到淑珍的電話，說要謝謝國立幫她搬東西，想請他吃午飯，國立當然是求之不得。

　　有錢真是好！除了可以花錢去買心頭好，還可以花錢去填補寂寞。淑珍現在有女傭幫她打理家務，一天到晚時間多得很，

也寂寞得很。三個兒女已經長大了，上班、上學，有他們自己的生活，加上她和三個兒女的關係一向都不親密，要他們三個特地抽時間去陪伴母親，近乎不可能。不過她有的是錢，每次和朋友出去吃喝玩樂，都是她請客。

對於淑珍來說，要解寂寥，一點都不困難。最重要是，花的錢不用自己辛苦去賺回來。

淑珍喜歡漂亮的東西，所以很喜歡國立那張俊俏的面孔，更何況他還有一張哄得她心花怒放的嘴巴，每次她踏入他的專門店，總不會空手而回。她不時會想着如此俊俏的一張臉，倘若配上一套名貴西裝，樣子會有多英偉？今天，她就要去找出這個問題的答案。

在午飯前，淑珍和國立去了 IFC 的 Zegna。國立今天真是大開眼界，原來頂級牌子的西裝不是現買現穿的，而是依照客人的身材，修改西裝的肩位、袖長、褲長等等，務求現成的西裝也能做到度身訂做的效果。原來頂級牌子的西裝不單質料上乘，而且還相當講究個人化。淑珍買了一套三萬多元的西裝給國立，因為修改西裝至少需要幾個小時，淑珍就改請國立吃晚飯。那天下午，國立陪着淑珍，兩人去了咖啡室吃午餐。在閒聊之間，國立得知淑珍的丈夫已離世，還聽說了她與家人的概況。

午飯之後，國立請淑珍看電影。淑珍度過了一個非常愉快的下午。

那天晚上，他們去了位於中環舊中銀大廈十三樓的 China Club 吃晚飯。China Club 是一間私人會所，會所裏的中式餐廳

設計得古色古香；天花版上掛着黑色吊扇和五六十年代的吊燈，牆上又掛有不同年代的舊照片，再加上昏黃的燈光，整個餐廳予人優雅、懷舊的感覺。

晚飯期間，國立一有機會就稱讚淑珍保養得非常好，一點都不像有妍婷這麼大的女兒，兩人看上去簡直是兩姐妹一樣。淑珍儘管嘴上不斷說自己老了、皮膚鬆弛了，心裏卻是喜滋滋的。她畢竟曾是校花，身材又沒有隨年紀變得肥大臃腫，加上懂得打扮，外貌確是雍容華貴，但也絕不可能讓人錯以為她是青春少艾。

飯後，他們上了十四樓的酒吧喝酒，後來更在陽台上一邊品嚐着紅酒，一邊俯瞰中環的霓虹夜景，優哉游哉的談天說地。國立終於找到機會向淑珍提出請求，淑珍很清楚自己在女兒心中的地位，當下一口拒絕了他，說這個忙她幫不了！

國立回到他那位於銅鑼灣、只有一百多呎的劏房。他是自己一個人住的，為了享受一夜情，早在幾年前已搬離父母那細小的居所，不過他依然會將三分之一的工資給父母作家用。剩下的，要交租、要養車、要生活、要吃喝玩樂，每個月都是所餘無幾。

剛才他一回來，便把放着那套三萬多元西裝的袋子扔到地上，然後狠狠地踩它一腳，再躺在床上。在離開 China Club 之前，國立把西裝換了下來，假裝不能接受淑珍這麼貴重的禮物。淑珍非常詫異，笑了一笑，說：「只是三萬多元而已，又不是什麼錢，你就收下吧！」

一想到她那張不可一世的嘴臉，他就想吐！

他躺在床上，細細回想今天的點點滴滴，怎麼人明明仍在香港，卻好像去了另一個世界！他看着油漆剝落的天花板，再環顧這破陋的斗室，腦海裏看見的卻是那宏偉、大得有點過分的大堂；那寬敞、精緻的郵件室，更是瞬間呈現於他眼前。

「有錢人收信的地方竟然比我這個吃喝拉撒的狗窩還要大！」他突然從床上彈起來，向前移一步，就站在裝着西裝的袋子前，然後出盡全力發了狂般踩它幾腳。回到床上時，他的心情比之前好了一點，不期然回味着自己站在陽台上風流倜儻、品嚐紅酒、俯瞰中環的感覺，多麼的超然，多麼的高人一等！

「我不要做過客，那才是我的人生！」他想着。

「雖然是老，但她的身材、樣貌還不至於令人吃不消！」想着、想着，他嘴裏喃喃道。

他和顏悅色的拾起地上的袋子，小心翼翼地把西裝拿出來，將它掛了起來後，開始地毯式的檢查西裝，檢查自己有沒有把西裝弄髒、弄皺，而且邊檢查邊自言自語：「先入住迷你倉，再進駐樓王，這才是王道呀！」

她躺在床上，細細回想今天的點點滴滴，明明只是如平日般消閒作樂，怎麼總是心如鹿撞？她看着潔白的天花板，回味着他的殷勤、他的讚賞，彷彿回到從前被狂蜂浪蝶追逐的年代，心裏盡是說不出來的喜悅。

「他真的好帥呀！如果每天有他這樣陪着我，生活是多麼的寫意！」無限遐想逐漸在她的腦海裏晃動。她沉醉着，面泛紅霞，羞答答地笑了起來，整個人躲進被窩裏！

第六章
殺青宴

「乾杯!」、「乾杯!」

高朋滿座的酒家裏,喜氣洋洋的喧鬧聲此起彼落。史導演的電影殺青了。今晚是殺青宴,也可以說是孖承的告別宴,他下個月要去紐約再進修電影製作的課程。在這殺青宴上,一班工作人員分坐兩席;老闆、導演、攝影師、製片和一些主要演員坐一席,另外一席坐的是其他演員。

宴會廳裏最吵,最熱鬧的是坐了工作人員的桌子。他們都開懷暢飲,談笑風生,而且適逢孖承要走了,每個人都向他敬酒,祝他什麼「生活愉快」、「學業進步」。阿輝更故意拿着一杯啤酒走到孖承面前,嬉皮笑臉地說:「承仔,我敬你一杯,希望你在美國找到一個泡妞的新天地,祝你出入平安!」

好一句「出入平安」!阿輝的兩個兄弟,阿炳和阿文,馬上哈哈大笑起來。阿炳也接着說:「輝哥說得沒錯,我們也祝你出入平安,千萬不要太操勞就是了!」

「你們兩個臭小子是不是欠揍呀!」孖承頓時有點窘,笑罵道。

然而,坐在孖承對面的若娟,根本沒心情去理會一班男生在鬧什麼。她旁邊的貫偉正在不停地嘮叨,追問她接了新工作

沒有。其實在這部電影剛殺青之後的兩三天，貫偉已經在問這個問題，若娟快被他煩死了。

「還沒有！只是剛殺青兩個星期左右，我還有一些後期工作要跟進，哪來時間去打聽那個劇組在找副導演！」

「我不是早就叫你不要整天黏着承仔，要出去認識多些電影人，那找你當副導演的人也會多一點。」貫偉很不高興。

若娟卻挺失望，怎麼交往了這麼多年，還不瞭解她是一個不喜歡交際應酬的人！

「我不覺得有什麼問題！我的第一部電影是師兄找我拍的，之後每當有人找他拍電影，他也會找我。這些年來，我跟他合作，學了很多東西。如果不是他信任我，我也沒這麼快當上副導演！」她負氣地說。

「可是他下個月要走了。他走了之後，你怎麼辦？」

「什麼怎麼辦！你怎麼知道之後沒人找我當副導演？整天說我，其實你不也跟我一樣，一直以來都只跟着嫦姐工作！」若娟不服氣地說。

「當然不一樣呀！嫦姐是行內的金牌製片，我跟着她，一直沒斷過工作，而且靠着她那廣闊的人脈，我找機會當製片也會容易一點，但你……」

這時候，坐在若娟另一邊的頌慈，突然捉着若娟的手：「娟娟，陪我過去敬承仔一杯。」

若娟猶豫着，心裏很不忿，想和貫偉爭辯下去。

「走呀，怎麼還坐着不動！」頌慈催促着，若娟只好陪頌慈去敬酒。

「今天是殺青宴，你別在這裏跟貫偉吵架。」她們走着的時候，頌慈低聲對若娟說。

原來頌慈眼觀六路， 邊看着對面一班男生在搞笑，同時又聞到隔壁傳來的火藥味，於是就把若娟拉走。

她們走到孜承面前，頌慈拿着一杯茶，面上掛着狡黠笑容，高聲說：「承仔，我也祝你出入平安，有心有力，百子千孫！」

這句「百子千孫」一出，每個人包括孜承登時忍俊不禁，轟然大笑起來。

嘹亮的笑聲吸引了其他人的目光。妍婷坐在那邊有點悶，很想走過去跟他們一起玩，不過她只是跟若娟一個比較熟，結果還是沒有過去。琛哥望着那幾個年輕人玩得那麼開心，竟有點悵然若失。

「頌慈，師兄是去紐約讀電影，你怎麼祝他出入平安，百子千孫？」若娟完全摸不着頭腦。

「那是因為輝哥……」阿炳搶着回答。

「他們是在胡鬧，娟娟，你別理他們。」孜承沒讓阿炳說下去。

「哦！」若娟忽然好像忘了什麼似的，匆匆走回自己的座位。她不滿地瞪了貫偉一眼後，再拿着一杯茶去對面。

「師兄，我也敬你一杯，祝你在紐約一帆風順，前程似錦。」

「謝謝，承你貴言。我也希望我回來的時候，你的處女作《越空弒夫》已經拍成電影了。」

其他人看見孜承和若娟正經地交談，覺得沒什麼好玩，就回去自己的座位。

　　「謝謝，不過應該不可能，因為我寫得很慢。」

　　「為什麼這麼懶？」

　　「不是懶呀！」若娟在呼冤。「只是一來，我還很忙。二來，我不想給自己壓力，什麼時候有靈感，就什麼時候寫。」

　　「別在找藉口，要加把勁才對呀！」孜承擺出一副嚴肅的樣子，輕輕拍了若娟的頭一下。

　　「我沒找藉口呀，沒靈感我也沒辦法。師兄，如果我將來寫好了，你可不可以幫我……」

　　貫偉緊緊盯着女朋友跟另一個男生打情罵俏，面色越來越難看。

　　他們在巴士上。殺青宴已經散席。貫偉在送若娟回家的途上。兩個人都繃着臉，一聲不吭。

　　「你正在寫劇本嗎？」滿腔妒忌、猜疑，貫偉終於按捺不住，先開口問道。

　　「嗯！」若娟望着窗外。

　　「怎麼你不告訴我你在寫劇本，反而跟承仔說？」貫偉心裏很是不爽！

　　「我有跟你提過呀，可是每次你聽見我談及寫劇本的事，總是一派愛理不理的態度，所以我還是不說算了，沒意思呀！」若娟依然望着窗外，態度依然冷漠。

　　「如果我對你的事情真是愛理不理，我就不會緊張你接了新工作沒有！」

簡單的一句話讓若娟板着的那張臉沒之前那麼繃緊，儘管還是默然不語。

「你知道嗎，我們將來要結婚，就要有經濟基礎。如果只是靠我一個人，結婚的路會很漫長，所以我才會那麼緊張你有沒有工作。」貫偉趁機握着若娟的手，誠懇地說。

她沒撥開他的手，反而輕倚在他的肩膀上，臉上流露着絲絲幸福，溫柔地說：「你不要為我們的將來太過操心。如果我們結婚了，我就不再住在家裏。到時候我會堅持要我爸爸發薪水給我，我才會到他的公司工作。」

「嗯！」既然已冰釋前嫌，貫偉就得對漠不關心的事扮關心。「你寫的是什麼劇本？」

若娟馬上坐直身子，異常興奮。

「我正在寫的劇本，是關於一個可以穿越時空的女人，許虹……」她滔滔不絕地說着，「現在已經寫到她到了峨嵋山，努力尋找仙草……」

貫偉竟聽得很入神。

第七章
偶遇

孜承已經去了紐約四、五個月。

在這段時間，若娟沒接到新的電影，一直在父親的公司工作。她心裏好焦急、煩躁，為了讓自己的心情平靜下來，她有時會走去聽管弦樂。可能是從小學習鋼琴的關係，她特別喜歡古典音樂。

妍婷已經搬了去她的「迷你倉」居住。她不是因為受不了妹妹的嘴臉而搬的，而是史導演為了宣傳他的第一部電影，故意向媒體說電影裏的男、女主角戲假情真。一班狗仔隊為了這緋聞，經常在妍婷家樓下守候。為了保護弟妹，妍婷決定搬走。

這天晚上，若娟在下班後一個人去了尖沙咀文化中心聽演奏。她非常期待今天晚上的演出，因為今天晚上管弦樂團會演奏她很喜歡的《梁祝》小提琴協奏曲。文化中心大堂裏熱鬧非常，等待入場的觀眾很多都衣香鬢影。在入場的一刻，若娟好像聽見有人在叫她，心裏覺得有點奇怪，想着：「這聲音好熟呀。」

她回過頭看，竟看見一個她絕對不想遇上的人，心裏立時怨道：「真倒霉！」嘴裏卻只能掛着微笑說：「琛哥，好巧啊，你也來聽管弦樂呀？」

「若娟，真是你呀！」琛哥帶着幾分驚訝說，嚴肅的臉容

上流露着絲絲笑意。「剛才我在後面看見你的背影，還以為認錯人。沒想到你也會穿裙子和高跟鞋，還化了妝，跟平時完全不一樣。」

「因為剛下班。」若娟卻有點尷尬。

「剛下班？你轉行了嗎？」琛哥感到非常突然，心迅速往下沉了一下。

「不是！只是我現在在我爸爸的公司裏幫忙。」

「哦！」那絲絲笑意又重回琛哥的臉上。

他們邊走邊談着。觀眾席在文化中心的一樓和二樓，琛哥買的門票是最貴的那種，最靠近舞台。

「我到了。」當他們來到一樓，琛哥說。

「我的座位在上面，bye！」若娟馬上輕鬆地笑着。

「你一個人嗎？」

「嗯！」

「那散場後，在大廳的售票處等我。」

若娟想問為什麼，也想說不想等，但她對眼前這個德高望重的攝影師有說不出來的敬畏，自自然然地點了一下頭：「哦。」

演奏開始了。若娟將演奏會前、演奏會後的事情，通通拋諸腦後，只是全神貫注地欣賞自己喜歡的音樂。當《梁祝》的音樂一奏起，她迅即被那高高低低、快快慢慢、扣人心弦的音樂牽引着，每一分每一秒都屏息靜聽。在半個小時的演奏裏，她幾乎都是緊握拳頭，心裏激動萬分，整個人跌入音樂裏。

從《梁祝》，若娟看到浪漫、看到激昂、看到悲歡離合，更不自控地想着如何令她的《越空弒夫》如《梁祝》般迂迴、震撼、精彩。

　　散場後，若娟來到售票處的時候，琛哥已經在那裏等她。

　　「好聽嗎？」琛哥問。

　　「非常好聽！演奏《梁祝》的時候，我陶醉極了！」若娟興奮地說。

　　「的確很棒！現場聽比聽 CD 震撼多了。」

　　興奮過後，若娟回歸理智，很想知道為什麼琛哥要她等他。

　　「琛哥，你找我有事嗎？」

　　「沒有！」

　　「沒有？那你為什麼要我在售票處等你？」

　　「一定要有理由嗎？」琛哥笑着說，居然有點嬉皮笑臉的。

　　她和他是調調情、說說笑的關係嗎？若娟感到琛哥的態度、言語好奇怪，可一時間又答不上來。

　　琛哥看見若娟一臉茫然，覺得挺好玩，還故意說：「而且是我等你，不是你等我呀！」

　　怎麼這個琛哥跟在現場經常罵她的那個琛哥不大一樣！若娟真是有點摸不着頭腦，不過她沒興趣深究。

　　「既然沒事，那我先走了。」

　　「其實我是擔心這麼晚你一個女孩子回家會有危險，打算送你回去，所以才叫你散場後等我。」琛哥隨即正經地說出理由。

　　「現在只不過是十點多，不是很晚呀。我自己回家可以了，不用麻煩你！」若娟實在不想與琛哥有多餘的接觸，婉拒他說。

「沒關係，反正我有開車，送你回去一點都不麻煩。」

「可是我家在元朗，從尖沙咀去元朗其實還蠻遠的。」

「不是說了沒關係嗎？」琛哥堅持着，語氣還有點強硬。

若娟只好聽從他的話。

「你家在元朗哪裏？」琛哥開着車，向坐在旁邊的若娟問道。

「我住在錦繡花園。」

「原來她家裏挺有錢的。」琛哥心裏想着。錦繡花園全是獨立屋，在地少人多的香港，能住在獨立屋並不簡單。「沒想到這個千金小姐脾氣那麼好，經常在現場被我亂罵，還是默默忍受。」

「怎麼一個人來聽管弦樂？不找男朋友陪你？」琛哥繼續問。

「貫偉今天晚上要開工。不過就算不用開工，他也不會陪我。他不喜歡聽管弦樂，覺得古典音樂很悶。」

「怎麼不約其他朋友一起來聽？」

「以前也有約朋友一起聽，後來因為大家的工作時間都不穩定，很難約，我覺得很煩，就索性不約了。之後遇到自己喜歡的演奏曲目，我就一個人去聽，簡單得多。你呢？你怎麼也是一個人？」

「我一向都是一個人呀！」

「哦！」他怎麼說，她怎麼聽，若娟沒興趣知道他的事情。

「我老婆和兩個兒子移民去了澳洲，只剩下我一個人在香港，所以我在香港都是一個人。」琛哥卻有興趣說下去。

「是離婚了嗎？」若娟心裏疑惑着。「如果是失婚男人，怪不得脾氣那麼怪！」她心裏又想着，可是她的回應卻非常簡潔：「哦！」

其實若娟沒有猜錯，因為移民，琛哥和他的太太感情破裂了。他想離婚，她卻可以分但不可以離！

「其實我對管弦樂也沒什麼興趣，不過今天晚上演奏的是《梁祝》，這是一首我很喜歡的樂曲，所以才來聽！」琛哥說。

怎麼一向不苟言笑的琛哥，今天晚上話這麼多！若娟真的覺得有點煩。

「哦！」她依然簡潔，希望不接下去，琛哥也沒有話題再講下去。

車廂裏真的靜了下來，可是不一會兒琛哥又問若娟：「你為什麼會讀電影？」

這回她不能只說「哦」了。「小時候很喜歡看電影，長大了就希望有自己的電影，就好像喜歡寫文章、寫故事的人，想有自己的書一樣。」其實，這只不過是若娟選讀電影的其中一個原因。

「原來是為了追逐夢想。」

「嗯！」

「我就不像你那樣有那麼遠大的理想。我年青的時候讀書不成，終日無所事事，我爸爸擔心我會變成小流氓，就叫我去跟他的朋友拍電影。當時，我覺得拍電影挺好玩的，而且我也不想渾渾噩噩的度過一生，就這樣進了電影圈，轉眼間就二十多年了。」

「哦。」

「那你喜歡看什麼電影？」

「有很多呀。舊的有《悲情城市》、《甜蜜蜜》，幾年前的有《狂舞派》，而最近就特別喜歡的是《我的少女時代》、《Still Alice》和《Inside Out》。」說起電影，若娟的話可多了。「我好喜歡《悲情城市》的配樂，很有感覺。我有一個朋友說，如果有人想自殺，聽了《悲情城市》的配樂，一定會馬上去跳樓。你說好不好笑？」

「那你不開心的時候，千萬別聽那音樂，免得你去跳樓。」

「神經病，人生那麼美好，我幹什麼要自殺！琛哥，你又喜歡看什麼電影？」

「也有很多呀，讓我想一想。我喜歡《黃土地》、《英雄本色》、《無間道》，還有幾年前那部《那些年，我們一起追的女孩》。」

「我也很喜歡《那些年》，最後那場戲簡直超搞笑！我沒看過《黃土地》，是一部怎麼樣的電影？」

「《黃土地》是陳凱歌的第一部電影，攝影師是張藝謀，故事是關於……」

若娟終於和琛哥談個不停。他們談着、談着，已經到了元朗。

「你有沒有看過《Singing in the rain》那部電影？」琛哥說。

「有呀，是一部很舊的荷李活電影。怎麼了？」

「有一個美國的歌舞團會來香港，在演藝學院上演這部歌舞劇，你想去看嗎？」

「想，不過不會去看。」

「既然想，為什麼不看？」琛哥感到奇怪，問道。

「歌舞劇的門票很貴呀，我又沒錢，所以不看也罷！」

「那如果是我請你看，你會看嗎？」

「不會！」若娟撇脫地說。

「為什麼不會？我有那麼可怕嗎？」

若娟理直氣壯地說：「不是因為你！沒錢看就沒錢看，沒什麼大不了，無緣無故幹什麼要你請。」她對這些小便宜沒丁點興趣。

她的那份自信讓他肅然起敬，他不期然低聲下氣起來：「如果是因為我想向你賠罪呢？」

「賠罪？」若娟真的以為自己聽錯了。眼前這個自視甚高的人，竟然會向一個被他視為卑微的人賠罪！

「對呀！我在現場不是經常對你無理取鬧嗎，其實我是想請你看那歌舞劇向你賠罪。」

原來他也知道自己無理取鬧！他認錯，她倒有點飄飄然，臉上不禁露出一抹得意的笑容。

「好，我接受你的賠罪，不過我也想表示一下我的寬宏大量，那天晚上我請你吃飯吧。」

「那我要吃貴一點的。」琛哥心裏好高興，臉上掛着開心的笑容說。

「你想得美呀！我請你吃飯，當然是我決定吃什麼。那天晚上我們吃雲吞麵，不過我只是請你吃一碗。要是你吃多過一碗，或是吃其他東西，你要自己付錢呀！」若娟大叫道。

「嘩，你好小氣呀！」

「大哥，我已經有大半年沒工開了，很窮呀，你就體諒一下吧！」

「你為刀俎，我為魚肉，還能怎樣！」琛哥扮作無奈說。

「琛哥，你為什麼會想看《Singing in the rain》那部歌舞劇？」若娟莞爾一笑後，好奇地問道。

「因為電影裏有一場戲是男主角在雨裏跳舞，我想看看他們怎樣在舞台上下雨，怎樣在舞台上演繹那場戲。」

「原來是這樣。那其實你喜不喜歡看舞台劇？」

「我呀……」

他們聊着、笑着，她在他面前築起的那道防衛牆，一小塊的，一小塊的消失了。

兩個星期後的一個晚上，若娟和琛哥在雲吞麵店裏吃麵，之後他們就會去看《Singing in the rain》。

「你知不知道，有一首歌是用《梁祝》的曲子寫的，挺好聽的。」琛哥問若娟說。

「是嗎？你怎麼知有這首歌？」

「以前聽過，很喜歡它的歌詞，所以記得。我現在WhatsApp 給你。」

琛哥立即用手提把歌曲傳送到若娟的手提。

「看看收到沒有。」

若娟查看手提：「收到了，我今天晚上回到家後，會打開來聽聽。」

這天晚上，他們看完歌舞劇後，琛哥照樣開車送若娟回家。

在路上，他們除了聊剛才的歌舞劇和電影外，還談了一些生活上的瑣事。

他們已經來到若娟家門口，她正要下車的時候，琛哥說：「若娟，你可以再請我吃雲吞麵嗎？」

「可以呀，不過也只是請你吃一碗。」若娟笑着說。

「我就是知道你這麼小氣，所以才要你請，這樣可以幫我減肥。」琛哥似是認真、似是開玩笑的說。

「我很樂意幫你減肥，你什麼時候要我請？」她卻有點莫名的失望，不過依然掛着一張笑臉。

「我會再給你電話。」

「好的，bye！」若娟下車回家了。

夜深時分，若娟躺在床上輾轉反側。她最近都睡得不太好，已經快半年了，還沒有接到新的電影，她越來越焦急。在輾轉難眠之間，她忽然想起琛哥傳送給她那首《梁祝》的歌曲，她就開了手提來聽聽，反正睡不着。

手提裏開始唱着：

無奈美好良緣情牽差一線，
兩心相印無緣到老，恨歌千千句，
儘管沒法白頭，情長難以斷。
含淚與君相分苦不堪，
化作蝴蝶，千生千世共你雙雙飛……

《梁祝》的曲子，加上哀怨纏綿的歌詞，若娟被觸動了，揪着一顆心，喃喃自語道：「沒想到琛哥還挺浪漫的。」

她聽着曲子，不知不覺間睡着了。

三個星期後，若娟收到琛哥的來電，要她兌現請他吃麵的諾言。其實琛哥是想請若娟看《Grease》的歌舞劇，不過若娟不想欠琛哥任何人情，便拒絕了他的好意。

她那句「不想欠你的人情」，叫他好失落。

「是我想找你陪我一起去看的，又不是你要我請你的。如果你想，將來你有工開，可以把買門票的錢還我。」

「那好！什麼時候去看？」若娟稍作思量後說。

「下星期二晚上。你在哪裏上班？那天晚上我可以開車去接你下班。」

「我爸爸的公司在九龍塘，可是你不用來接我。你六點半在九龍塘那商場裏的美食廣場等我吧。我們可以先在那裏吃東西，然後再去演藝學院。」

「好的。那我們下星期二六點半見。」

打電話前，他的心情是忐忑的；打電話後，他的笑容是燦爛的。

第八章
決裂

　　香港的地產市道在這幾年很蓬勃，房價像火箭般飆升，結果弄到民怨沸騰。政府為了舒緩市民的不滿情緒，在最近幾個月推出了一些壓抑房價的措施。若娟的爸爸啟明的地產公司受到這些措施影響，生意沒之前那麼好，若娟也沒之前那麼忙。

　　啟明的公司是一家四人公司，一個老闆、兩個地產經紀和一個文員。公司的面積也不大，開放式的設計，除了啟明擁有一間辦公室外，其他三個職員擁有的只有一張桌子的空間。在沒有那麼忙的日子，如果啟明在公司裏，若娟和另外兩個職員就算沒事也會裝作有事忙；如果啟明不在公司裏，這三個人就各自各精彩。

　　在這半年裏，若娟雖然沒有拍戲，但還是要上班，加上她的焦慮和靈感這東西不是說來就來，《越空弒夫》的進展並不是太理想……

　　故事裏的女主角許虹在峨嵋山的叢林搜索，幾經辛苦終於找到了仙草，正要採摘之際，守護仙草的白蛇和青蛇突然從草叢裏撲了出來攻擊她，把她嚇個半死。幸好她臨危不亂，生命危在旦夕之際，穿越了時空，離開了山野。

　　許虹來到安全的地方，定一定神後，便從背包裏取出父親留給她的那本書來看，希望可以從書裏找到應付兩條蛇的方

法。書裏記載着她的祖先千年蛇妖白素貞,當初是喝了雄黃酒才會現形,變回一條白蛇的。

『雄黃酒?蛇怕雄黃嗎?』她咕嚕着,思考着。

許虹用手提在網上搜查後,就回香港找雄黃。原來雄黃的氣味對蛇很是刺激,牠們會主動避開,雄黃因而有驅蛇的作用。許虹買了雄黃粉和雄黃酒,而且還買了一個澆花用的噴壺。她將雄黃酒倒進噴壺後,穿越去也。

故事寫到這裏,若娟心裏就一直躊躇着一個問題,究竟許虹回到家後,是看見還是看不見兆龍的屍首?她要讓屍首在家裏,還是要讓屍首不在家裏?若娟沒有答案,無法繼續。

在沒有那麼忙的日子,她每天都帶着《越空弒夫》的 USB 隨身碟上班,只要一有靈感,她就會開始寫。

今天晚上,若娟會和琛哥見面。她早跟啟明說了她今天晚上要六點鐘下班。啟明早上要去深圳洽談生意,下午又約了兩個客人看房子。他擔心自己趕不及回來,於是叫若娟幫他在五點鐘帶兩個客人去看房子;看完房子後,她就可以下班。

沒有老闆的公司,三個員工都無心工作。文員惠玫整天不是講電話,就是上網看韓劇;地產經紀志誠就在網上聊天、看電影和玩網絡遊戲。若娟準備好下午要帶客人看房子的資料後,打算開始寫她的劇本,可是想了一個上午,心裏一直躊躇着的,還是沒有找到答案,始終沒法下筆。

到了下午,她找到感覺、有了決定,就將《越空弒夫》的隨身碟插入電腦,手指興奮地在鍵盤上舞動,電腦熒光幕上跟着呈現出一排、一排的文字……

許虹手裏拿着裝滿雄黃酒的噴壺來到峨嵋山。白蛇和青蛇看見小偷又來了，再次發揮守護神的精神，第一時間去驅趕。怎料小偷這回有備而來，竟向牠們噴射雄黃酒！兩條蛇受不了雄黃的氣味，速速避走，小偷終於可以靠近仙草。許虹把雄黃粉灑在自己的周圍，以防範白蛇和青蛇再來攻擊她，然後小心翼翼地把仙草拔走。

許虹帶着仙草，一心以為兒子有救了，滿懷歡喜地從峨嵋山回家，豈料她一回到家中大廳，兒子的屍首已經不翼而飛，地上只剩下一攤血！

『怎麼會這樣？兆龍，你去了哪兒？他不是已經死了嗎？怎麼會不見了！』許虹面色蒼白，驚慌地自言自語。

她心力交瘁，四肢發軟，實在沒有力氣再撐下去，癱坐在那攤血旁邊，涕泗縱橫地嘀咕道：『兆龍，你去了哪裏？媽媽已經拿了仙草回來救你，你到底去了哪裏？』

『冷靜！別哭！』她忽然大叫。『死了的人怎麼可能可以到處走！回去他剛剛死去的時空，一定可以找到他的！』

許虹立刻深呼吸了一下，再閉上眼睛，剎那間就回到了兆龍剛剛死的一刻，果然看見兆龍。她安心了，抱着兒子的屍首開心地笑：『找到你了！媽媽一定會讓你復活，你等等我呀！』

在回來之前，許虹已經把她爸爸留給她的書看了一遍，知道只要把仙草放進水裏煮兩個小時，然後把湯藥喝掉，死了的人就可以復活。她去了廚房，把仙草洗乾淨後，再放進裝了水的鍋子裏，正要開瓦斯爐的時候，突然間……

突然間……她聽見惠玟在喊：「若娟，老闆打電話回來找你，一線。」惠玟這一喊，將若娟從許虹的世界拉回來現實。

　　「哎呀，糟了！現在幾點呀？」若娟慌張地大叫起來。

　　「五點十分。你快聽電話呀，老闆在等你呀！」惠玟焦急地說。

　　「這回死定了，死定了！」若娟不敢聽啟明的電話。「惠玟，你幫我跟我爸爸說我已經出去了。」她邊說邊匆忙地找早上準備好的資料。

　　「不可以呀，我剛剛才告訴他你還在公司呀。」

　　「拜託啦！」若娟找到資料了。她沒儲存剛才的檔案，沒關掉電腦，一支箭似的衝了出去。

　　「傅先生……」惠玟只好無奈地拿起電話。

　　「怎麼要我等這麼久？若娟呢？快點叫她來聽電話！」惠玟的話還沒有開始說，在電話另一邊的啟明已經等得極不耐煩，喝罵道。

　　「她剛剛出去了。」惠玟怯怯地說。

　　啟明怒火中燒，什麼都沒說就掛線了。

　　六點二十分，若娟跟客人看完房子後回到公司。其實她並不想回來，怕父親責備她遲到的事。不過她剛才匆匆忙忙地離開公司，忘了帶走《越空弒夫》的隨身碟，加上在回途上，她又想起在離開公司前所寫下的那些，還沒趕得及儲存起來，她只好硬着頭皮回去，為的是要儲存檔案，拿走隨身碟，然後極速下班。

若娟走到啟明的辦公室的門口，敲了一下門，戰戰兢兢地說：「爸爸，我回來了。潘先生和潘太太說他們需要時間商量一下，會再跟我們聯繫。」

「嗯！」啟明望了若娟一眼，然後繼續他手頭上的工作。

父親竟然沒繃着臉，沒罵她半句，若娟覺得她今天走運了，整個人鬆了下來。她伸了伸舌頭，面帶笑意，返回自己的座位。

若娟坐了下來，桌子上的電腦依然開着。她按了鍵盤一下，電腦的熒光幕亮了，而熒光幕上呈現的是——空白一片！

「怎麼會是一片空白？」若娟的心裏疑惑着。「我走之前寫的東西，怎麼不見了？」她開始焦慮地移動滑鼠，但無論滑鼠向哪個方向移動，電腦的熒光幕都是一片空白！

「怎麼會這樣的？怎麼會不見了？」若娟雙眼凝視着熒光幕，雙眉緊皺，緊張地嘀咕道。儘管此刻不知所措，她仍然懂得要看看隨身碟裏的檔案，是否還是好好的，於是她把檔案一個、一個打開來看。

空白、空白、空白、空白……所有《越空弒夫》的檔案，都變成一片空白！

瘋了！瘋了！她快瘋了！她目瞪口呆地盯着熒光幕，神色慌張，整個人亂成一團，完全無法相信自己的眼睛，想着：「到底發生了什麼事？怎麼會這樣的？」她不停地按電腦的這裏、那裏，不停地拔出、插入隨身碟，不停地打開、關閉不同的檔案。渴望這一切都只不過是電腦系統突然出現異常，在動來動

去後，電腦會自行修復好！渴望將關閉的檔案再打開的時候，消失的文字會重現她眼前！渴望是自己一時眼花，看錯了！

現實的殘酷就是在於當事情已成定局，無論那結果是好是壞，都無法改變，無法逆轉。即使她把整個電腦拆掉再組合，即使她把檔案打開、關閉一千次、一萬次，即使她找最頂尖的電腦專家來幫她修復檔案，消失的永遠不會重現！

她默默坐在椅子上，神情恍惚，面上掛着兩行淚。「怎麼可能？」若娟心裏不斷地想着，「熒光幕上的文字，檔案裏的東西怎麼可能會自己不見了！一定是有人碰過我的電腦和手指！」[1] 她馬上擦掉眼淚，再別過面去問坐在她後面的志誠。

「志誠，你有沒有碰過我的電腦和手指？」惠玫已經走了，志誠也正準備下班。

「沒有。」他說。不過他看見若娟的一雙淚眼，也聽見她剛才的慘叫，覺得她挺可憐，他便偷偷指了啟明的辦公室一下，輕聲說：「別說是我說的。」

若娟得到志誠的提示後，立刻衝進去啟明的辦公室。

「爸爸，你有沒有碰過我的電腦？」她質問父親。

啟明坐在椅子上，放下手頭上的工作，望着若娟說：「有。」

「你到底碰過什麼地方，為什麼我的電腦熒光幕上的字，和手指裏的東西全部都沒有了？」

「我把它們全刪除了。」啟明的臉容和語氣是如此平靜，就好像沒什麼不妥！

1　　在香港，一般人都叫隨身碟為「手指」。

「什麼！你把我的東西全刪除了！」若娟驚叫道。「你有沒有搞錯呀！」她兇巴巴地瞪着啟明，眼前這個人要不是她父親，她一定會跑過去把他掐死！

「幹什麼瞪着我？這是什麼態度呀？」啟明斥喝道。

「什麼『什麼態度』呀？你把我的東西都刪除了，難道還要我多謝你嗎？」若娟頂了回去。

「臭丫頭，做錯了事還敢頂嘴！」

「我做錯了什麼，你要把我的東西都刪除了？」她無畏無懼地繼續質問。

「我昨天叫你今天下午五點鐘幫我帶客人去看房子，你剛才幾點鐘出門口？要不是我打電話回來找你，我看你還在寫你那個狗屁劇本！做錯了什麼？在上班時間做私事，還敢問我你做錯了什麼！」他滿面怒色繼續責罵。

今天下午五點十分左右，啟明在從深圳回公司的途上接到客人的電話，問他怎麼還沒到？是忘記了，還是不來了？客人的語氣不太友善，啟明受到客人的責備自然感到不爽。在道歉和解釋過後，他打電話回公司找若娟，竟發現她還在公司裏，他就更加不滿了。

啟明是一個時間觀念極強的人。打從若娟第一天在他的公司上班，他已經對若娟千叮萬囑，叫她與客人見面一定要守時。啟明在六點鐘回到公司，他第一件做的事，是要查一下若娟到底在公司裏搞什麼鬼，怎麼搞到遲遲不出門口。他走到若娟的座位，發現電腦還開着，便隨意按了一下鍵盤，熒光幕上就出現一大堆文字。

「什麼來的？」他好奇地咕嚕着。

啟明開始閱讀那堆文字，開始有點頭緒。他又注意到電腦上插着隨身碟，跟着打開來看，看完一章又一章後，大罵道：「原來她在公司寫劇本！臭丫頭，一定要好好教訓你一頓，讓你以後再不敢在上班時間亂來！」

結果啟明打開隨身碟裏的每一個檔案，將檔案裏的文字全部刪除，再把空白的檔案儲存下來。就是這樣，若娟的《越空弒夫》全部頓成空白。

父親的所謂理由令若娟心中的怒火燒得更旺。她面紅耳赤，大叫道：「就是為了遲到這小事，你就把我的心血全刪除掉！你有病嗎？就算你是我爸爸，你也沒權碰我的東西，沒資格刪除我手指裏的檔案！」

一句句「沒權」、「沒資格」，叫啟明暴跳如雷。他大力地拍打了桌子一下，再走到若娟面前，高聲喝道：「好呀，你現在翅膀長硬了，竟敢說我沒權、沒資格！我跟你說，我是公司的老闆，你是我的員工，你在公司裏做私事，我就有權、有資格教訓你！」

「員工！」憋在心頭上那股怨氣要爆發了！若娟一臉不屑說：「爸爸，你的腦袋到底有什麼問題？你跟我簽了僱傭合約了嗎？你發過薪水給我嗎？我售出房子，你發過佣金給我嗎？我在你公司工作了這麼多年，你連一毛錢工錢也沒給過我，虧你還好意思說我是你的員工！」

啟明被女兒氣得頓時語塞。

「我不是你的員工，而是沒收過你半分工錢、替你工作的義工！既然是義工，那我喜歡做什麼就做什麼，你管不着！」他語塞，她卻得理不饒人。

明明是自己有道理，怎麼可以讓女兒講成是他的錯！啟明反擊說：「不發薪水給你又怎樣！你已經大學畢業了好幾年，可是沒半點本事，到現在還在家裏住、在家裏吃，還要我養你。你想發薪水，好呀，你搬走呀！」

沒想到父親那麼無情！若娟又氣又傷心，雙眼通紅，撇脫地說：「好，我搬，我也不幹了！」然後轉身就走，做人總要有一點骨氣！

沒想到女兒那麼決絕！啟明有點意外，也有點後悔，不過仍然氣在心頭，故意說：「你走，你走了就不要回來，將來沒飯吃也別回來找我，我一定不會幫你的！」

「爸爸，你放心好了，我情願在外邊餓死，也不會回來求你！」若娟流着淚回頭，倔強地說。

父女感情從此決裂！

第九章
沒看見的真心

　　晚上七點半，若娟在街道上漫無目的地蹓躂。

　　晚上七點半，琛哥在美食廣場心急如焚地等待。

　　若娟已經忘了她約了琛哥的事。在離開父親的公司後，她第一時間打電話給貫偉，向他哭訴。貫偉聽見女朋友的哭聲，起初還相當緊張，後來知道她是為了那個沒用的劇本和父親吵起來，就覺得很無聊。

　　「你寫那個劇本只不過是為了消磨時間，你爸爸叫你搬也應該是一時之氣，你就別太認真去看待他生氣時說的話。」貫偉說。

　　「我絕對不是為了消磨時間才寫劇本！而且我還希望《越空弒夫》將來可以拍成電影！」貫偉的安慰令若娟更加失望，她反駁說。

　　「你想得美呀！新人的劇本哪會有人要。」貫偉心裏想着，只是沒說出口。「好了，好了，我也希望你的劇本可以拍成電影。」他哄她說。「我現在在開工，很忙，如果嬋姐看見我在講電話，又會囉囉嗦嗦。我晚一點再打給你，不要哭了。」

　　掛線後，若娟的心情比之前更糟，怎麼連男朋友也不明白《越空弒夫》是她的心血，對她有多重要！走着，走着，她來

到公司附近的小公園。公園裏的鞦韆、滑梯、長椅空無一人，得不到想得到的支持和諒解，她的世界同樣是空無一人。

當她坐在鞦韆上發呆的時候，她的手提響了，是母親珮雲找她。「一定是打來罵我的。」她心裏想着。她沒有接電話，更把電話關掉，喃喃道：「已經夠煩了！」

若娟和父母之間的嫌隙，長年累月、一點一滴的積聚起來，鬧翻似乎是早晚的事。啟明和珮雲並不是不知道若娟是一個乖女兒，她自小就很聽話，他們要她向東走，她不會走向西。他們要她做的事只要不太過分，她都會做。只是電影，他們不喜歡，她偏偏要讀。說什麼追求夢想，廢話一大堆。父母要女兒讀商科，要她將來繼承地產公司，讓他們老有所依，女兒卻一意孤行。既然女兒執迷不悟，父母就要她吃盡苦頭，希望她知難而退。沒想到她如此堅持，竟真能半工讀的熬過大學，忍氣吞聲的熬過一天又一天沒有收入的日子。

啟明在若娟離開公司後，縱使生氣，也覺得自己把女兒的劇本全刪除掉有點過分。要不是受了客人的氣，他可能不會對女兒如此嚴苛。然而礙於面子，他不願意向女兒表示歉意，於是找珮雲幫他想個辦法把女兒留下。啟明還決定以後每當若娟賣出房子，公司都會將十分之一的佣金發給若娟。

珮雲在老公的吩咐下打電話給若娟，她打算藉故問若娟今天晚上回不回來吃飯，如果不回來吃飯，那就問她會在什麼時候回家。這樣問，若娟自然會明白父親不想她搬走。假如若娟

堅持要搬，珮雲就會哄她說：「媽媽捨不得你呀，難道你要媽媽每天惦記着你過日子嗎？」珮雲很瞭解若娟的脾性——很容易哄，很容易心軟。她打了好幾次電話給若娟，電話都沒人接，她只好留口訊，深信女兒走不出她的五指關。

漆黑一片的夜空，猶如若娟的心情，漆黑一片！

若娟怕有危險，已經離開了寂靜的小公園。她在街道上漫無目的地蹓躂。難過、沮喪、徬徨，在她的心房遊走；難過、沮喪是常客，她還能應付，但徬徨……徬徨就令她不知所措。真的要搬嗎？這個問題在她的腦海裏閃來閃去。不搬，以後的日子怎麼過？實在是太過分了，再這樣忍下去，只會一直給他們看扁，永不翻身！搬了，以後的生活怎麼辦？沒有工作，僅餘的積蓄不足以養活自己，要有骨氣一點都不容易呀！若娟心灰意冷，一臉茫然，腳朝着有燈光的地方走去，不知不覺間來到她約了琛哥見面的那個商場。

若娟來到商場裏的咖啡屋。自助式的咖啡屋擺了好幾張花花綠綠的沙發，客人們都輕輕鬆鬆地在這裏談天說地。若娟落寞地坐在一角，憂慮着前路茫茫該如何是好。

兩個坐在她旁邊的少女，正在吱吱喳喳的聊着呂妍婷與姜耀華的緋聞，和他們的新電影《誰是我》。《誰是我》是半年前史導演、琛哥、孜承、若娟和妍婷一起拍的那部電影，票房還算不錯。在《誰是我》裏，妍婷扮演一個雙重性格的心理醫生，很努力地用她的專業去戰勝自己邪惡的一面；最終她寧願放棄自己的生命，也不要受邪惡的自己所支配。儘管兩個少女

說話的聲音並不是很大，若娟還是無可避免地聽見她們的談話內容。

「妍婷，我怎麼沒想起妍婷！」若娟心裏大叫着，眼前出現了一道曙光，整個人頓時鬆了下來，看見希望的感覺是多麼的美好呀！她馬上開啟剛才關掉的手提，打算打電話給妍婷。一開電話，她就看見一大堆未接來電，除了母親，還有另外一個人找了她好多次。

「哎呀！」她看着電話的熒光幕，不期然輕輕驚叫了一聲後，立刻回電。

「喂。」電話接通了，她說。

「你去了哪兒？怎麼不接電話？」他緊張地問。

「對不起，對不起！我剛才把電話關了，所以……」

他們談了一會兒就掛線。掛線後，若娟立刻打電話給妍婷，接電話的是電話錄音，她只好留口訊，叫妍婷回電。她依然坐在咖啡屋的一角，這回她是在等。她的心情也比之前好了一點，畢竟有人明白她的感受總比沒人明白好。

晚上八點鐘左右，琛哥在美食廣場心急如焚地等。他和若娟約了今天晚上六點半見面，兩個人原本打算在美食廣場吃過東西後，就一起去看歌舞劇。他早了五分鐘來到美食廣場，滿心歡喜地等若娟的出現。時間一分一秒的過去。六點四十五分，她還沒到，他以為她遲到了，心裏有點不高興；六點五十五分，他打電話給她，想問她她在哪裏，什麼時候會來到，可是電話沒人接；七點零五分，她仍然無影無蹤，他開始覺得有點不對

勁。如果她不來，或是因為某些事情耽誤了，應該會打電話通知他。之後，琛哥越等越擔心若娟是不是遇上什麼意外。他開始焦急，開始憂慮，開始不停地打電話給她，不停地四處張望。然而，電話永遠沒人接，四處張望也沒看見她的身影。

琛哥曾想過去找若娟。

要去哪兒找？這是第一個問題。如果她在他走開的時候來到，但沒看見他，又不知道她會跑到哪裏去！於是他哪裏都不敢去，待在那裏等了又等。她還是沒出現，他唯有繼續等了又等。

晚上八點鐘左右，琛哥心急如焚之際，電話響了。他看見來電者是若娟，迅速地接聽了電話。

「你去了哪兒？怎麼不接電話？」琛哥緊張地問。接到她的電話，他安心了。

「對不起，對不起！我剛才把電話關了，所以不知道你找過我。」

「到底發生了什麼事？你不來也應該通知我一聲呀！」她平安無事，他自然要宣洩一下他的不滿。其實他還想說：「你知道我有多擔心你嗎？」不過很清楚這句話不合適，就把它吞了回去。

若娟猶豫了一下後，決定實話實說：「對不起，我忘了我約了你！」

「忘了？」琛哥叫了出來。他好失望呀！他等了她一個半小時，為了她擔心得要命，她卻把他忘了。

「你沒事就好了，就這樣吧！」他實在再沒有話跟她說了。

「琛哥，琛哥，你聽我解釋呀！」若娟慌忙說。

「忘記了就忘記了，沒什麼大不了，就這樣吧！」他很努力去抑壓心中的憤怒，語氣盡可能平和。

「我不是故意的。只是突然有些事情發生了，我很不開心、很煩，所以才會忘掉今天晚上約了你的事情。」

「那到底發生了什麼事？」琛哥好奇地問。

「我寫了兩年多的劇本，給我爸爸全刪除了。我跟他大吵起來，他就叫我搬走！」

琛哥之前並不知道若娟在寫劇本，不過在知道箇中原因後，他反而有點過意不去，立即關心地問道：「對不起，我剛才還誤會你了。可以重寫嗎？」

「寫了兩年多呀……真沒想到我爸爸會那麼狠心，那麼絕情。」想起無情的父親，若娟忍不住又哭了。

「你先別哭，你現在在哪兒？」她的哽咽聲讓他有點亂。

「我在商場裏四樓的咖啡屋。」

原來他們那麼近！

「我在五樓的美食廣場。我現在來找你，你哪兒都不要去，坐在咖啡屋等我，知道嗎？」

「哦！」

掛線後，琛哥一陣風似的在美食廣場消失了。

他已經來到咖啡屋，坐在她的身旁。若娟將整件事告訴琛哥。琛哥瞭解事情始末後，感到有點奇怪，問道：「你的電腦沒有留副本嗎？」

「沒有。」

琛哥驚訝地說：「沒有！所有東西都要留副本呀，尤其是這麼重要的東西。你怎麼這麼大意？」

「我的電腦之前給黑客入侵過，電腦裏的東西全被偷了，所以我之後再沒有在電腦裏儲存任何重要的資料。」

「就算你不在電腦裏留副本，你也應該將所有檔案儲存在多一個手指裏。那麼今天發生的事，你頂多不開心，但絕對不會連劇本都沒了。」

「因為我把不同的東西儲存在不同的手指裏，已經有很多手指。這裏又儲存，那裏又儲存，好煩呀！」若娟覺得琛哥在責備她，不太高興說。

「這麼重要的事，你怎麼可以因為煩而不做！你讀大學的時候，學校沒教你要好好保護自己的創作的嗎？」

「我已經夠慘了，你為什麼還要說我？」若娟埋怨着，眼淚又掉下來了。

「我不是怪你，我只是想讓你明白，一定要好好保護自己的創作，那些是你的心血呀！」琛哥隨即溫柔地說。

「知道了。」若娟乖乖地說。

「那你今天晚上打算怎麼辦？回家嗎？」

這時候若娟的手提響了。

「喂，妍婷。」若娟說。收到妍婷的電話，忐忑的心情頓時踏實了。

「我收到你的口訊，找我有什麼事？」妍婷說。

「有件事想找你幫忙⋯⋯我可不可以搬去你家裏住？」

琛哥聽見妍婷這名字，心裏不禁想着：「妍婷，哪個妍婷？難道是那個電影明星呂妍婷？」

　　「當然可以呀，我等你搬出來和我一起住等很久了！」妍婷笑着說。

　　「謝謝你呀！」心頭上那塊大石總算可以放下來，若娟那張憂愁的面孔終流露出一絲笑意。

　　「可是你為什麼會突然改變主意？」妍婷感到奇怪。

　　若娟只好將不開心的事再講一遍，話說到一半，又哭了。琛哥看見若娟那雙淚眼，連忙走到櫃檯拿了幾張紙巾回來給若娟擦眼淚。

　　「原來是這樣！」妍婷說。「娟娟，就算全世界都不支持你，我也會支持你，你放心在我家裏住，好好寫你的劇本。」她好有義氣呀！

　　「謝謝你呀！」若娟邊說邊用紙巾擦眼淚，心裏感到很欣慰。

　　「用不着講這些廢話！你也經常幫我呀。那你什麼時候搬來住？」

　　「今天晚上可不可以去你家？明天早上等我爸爸上班了，我就回家收拾東西。」

　　「今天晚上應該不可以。我現在在開工，應該會拍通宵。」

　　「這樣呀……」若娟思量着，「那我今天晚上去那些開二十四小時的網吧坐，你收工後打電話給我，可以嗎？」

　　「妍婷，到你了。」現場的副導演叫着。

「好，我收工再找你。」妍婷趕快應允，然後掛線了。

琛哥聽見若娟說要去網吧坐一個晚上，覺得非常的不妥當。若娟掛線後，他馬上說：「是誰打電話給你？為什麼要去網吧？」

「是妍婷。」

「妍婷？」

「是拍電影那個妍婷呀，其實我和她是好朋友。」

「噢！」

若娟就把她和妍婷的談話內容告訴琛哥。

「一個女孩子整個晚上在網吧流連不太好呀。」

「不會有危險的。我時不時會和貫偉一起去網吧，很安全呀。」

「有男朋友在身邊當然是安全。你打個電話給貫偉，叫他今天晚上陪你去吧。」

若娟依照琛哥的話去做：「沒人聽呀。」

「那待會再找他吧。如果真的找不到他，今天晚上我陪你去網吧好了。」

「不用了，真的！我已經害你看不到《Grease》，怎麼好意思還要你陪我熬一晚通宵！」

倘若不能確定她的安全，他今天晚上焉能安睡！

「沒關係，我後天才開工，而且免得你今天晚上有什麼事，回來找我算帳！還有，雖然我們沒有去看《Grease》，你還是要請我吃雲吞麵呀。你答應過我的！」他跟她開玩笑，希望她會開心起來。

「可以呀，老規矩，只是請你吃一碗。」她笑了。

她笑了，他心裏也笑了。

「你這個小氣鬼，我為了你犧牲了《Grease》，也有可能會犧牲一個晚上的甜美睡眠，你竟然還跟我說什麼老規矩，只是請我吃一碗雲吞麵，起碼要請我吃兩碗才對呀！」

「大哥，我沒工作做，現在又無家可歸，依然願意請你吃雲吞麵，你應該看見我有多大方，要感激我才對呀！你怎麼可以還說我小氣，實在是太過分了！」

「小姐，那我請你好不好？」

「最好是這樣啦！」

「你想得美呀！」

那天晚上，琛哥一直陪着若娟，若娟還請琛哥幫她留意一下有沒有劇組在找副導演。他們也談到《越空弒夫》，若娟講得興高采烈，琛哥聽得津津有味，而且他還給了若娟很多意見，和教她如何保護自己的創作。他們談着，說着，時間很快就過去了。

貫偉並沒有找若娟，也沒有接她的電話。他覺得若娟為了一個沒有價值的劇本跟父親鬧翻，真的是很愚蠢、很無聊，實在不願意花精神、花時間去安慰她。過兩天再算吧！

第十章
變同志了

冰封二尺，非一日之寒。若娟不想再看父母的面色過日子，搬了。

那天晚上，她回了珮雲的電話，告訴珮雲她當晚不會回家和決定搬走的事。珮雲為了要向丈夫交待，說盡好話哄若娟不要搬走，若娟卻不為所動。既然女兒去意已決，父母只好由得她走。其實啟明和珮雲就是打從心底裏看扁若娟，認定她沒錢、沒本事，想飛也飛不了多遠，早晚會來求他們讓她搬回來住。

若娟開始了新的生活。她接到新戲了，還是孜承幫的忙。自從孜承去紐約後，若娟一直有和他聯繫，但從來沒有提及她沒接到工作的事；即使孜承問起，她也是說一切很好。然而，不想勞煩的，最終還是勞煩了。在離家的第二天，若娟開始找每一個在電影圈工作的同學和朋友，請他們幫忙留意一下有沒有劇組在找副導演。她也發了一個電郵給孜承，告訴他所有不如意的事和她的近況，希望他可以幫她介紹工作。

兩天後，若娟收到孜承的電郵。

「怎麼現在才告訴我你沒接到工作的事？我離開香港前不是跟你說了，如果你在工作上遇到任何困難，你可以告訴我，我是會盡能力幫你的。你忘了我的話了嗎？你究竟有沒有把我當作師兄？我對你真的有點失望！我幫你找了我的好朋友杰

仔，他正在幫林導演籌備一部新戲；一直跟他們合作的另一個副導演，因為已經接了別的戲，所以他們現在正在找副導演。我把你的資料給了杰仔，他應該很快會跟你聯繫。知道你的劇本被刪除了，我也很不開心，不過你千萬別就這樣放棄。追尋夢想的路從來都不平坦，但一定要堅持，總之加油呀！還有，遇到不開心的事不要等到最後一秒才告訴我，知道嗎？」

　　若娟望着電腦熒光幕，很感動，也很感激。她眼泛淚光，喃喃自語道：「師兄，幸虧有你和妍婷，我才不至於走投無路！」

　　兩個女孩子的「同居」生活相當愉快。若娟每天做着自己喜歡做的事情，不是拍電影，就是寫她的《越空弒夫》，活得很開心。儘管妍婷口口聲聲說若娟要負責自己的飲食，她卻經常把冰箱塞得滿滿的，再叫若娟隨便拿冰箱裏的食物來吃，好讓若娟安心地寫她的劇本。

　　妍婷在一個人住的日子裏，總覺得自己是孤零零的。每天收工回到住所，想找個人說說話都沒有。工作時間不穩定，苦悶的時候想找朋友聊天也不容易，更何況她現在貴為明星，謹言慎行已經是必須的，有很多話在朋友面前想說也不敢說，在家人面前她也沒什麼話好說。她很清楚自己和母親、妹妹是什麼關係，弟弟又忙於功課，哪來閒情逸致去聽她訴苦？久而久之，妍婷感到自己的人生除了工作，就什麼都沒有——沒有家人，沒有朋友，沒有生活！

　　若娟來了之後，寂寞隨之走了。

　　現在妍婷在家裏，只要若娟也在，她就會說個不停。有時候吱吱喳喳的講一些開心事，有時候劈哩啪啦的大發牢騷。最

重要的是，若娟是圈內人，又是一個值得信賴的朋友；在這個朋友面前，她想說什麼就說什麼，多麼的無拘無束。每當若娟感謝妍婷收留她，妍婷總會說：「幸虧有你，我才不用再孤零零的過日子。」

若娟的出現也讓八卦雜誌增添了不少話題。原本這些雜誌都在大做妍婷和男明星耀華的緋聞，只是苦無照片去加鹽添醋。於是有一些狗仔隊展開了獵照行動，開始跟蹤他們，務求拍到妍婷和耀華約會的照片，這樣這才子佳人的緋聞才可以繼續炒作下去。真是有志者事竟成呀，狗仔隊跟呀跟，終於跟到一個驚天大發現！在之後的一個星期，有一本八卦雜誌的封面是妍婷和一個短髮女生，兩個人滿面笑容的在晚上一起回家，手裏還提着大包、小包從超級市場買回來的食物和日用品。封面標題——《宅男女神鍾情女副導》！

這篇報導真是圖文並茂呀！雜誌刊登了好幾張妍婷和女副導一起吃飯、逛街、回家的照片，形容她們春風滿面，出雙入對。報導裏還說這個跟妍婷差不多高、身材沒妍婷那麼豐滿、樣貌沒妍婷那麼漂亮、但長得還算端莊的女副導，就是妍婷的「同居蜜友」，而耀華只是妍婷放的煙幕，為的是要掩飾她的這段同志戀。

妍婷和若娟在家裏坐在沙發上邊吃零食邊看這雜誌。妍婷這個「迷你倉」的大廳，淺紫色和白色的牆身，牆壁上掛了不同的抽象畫；淺紫色的布藝沙發，圓形的玻璃餐桌配四張白色真皮餐椅，當然還有那個無敵環迴海景，舒適又摩登。

兩人都覺得這篇報導非常有創意和搞笑。妍婷笑咪咪地說：

「嘿，『蜜友』，拜託你下次和我一起出去的時候，不要再穿那條膝蓋有兩個洞的牛仔褲好不好？每張照片你都是穿着同一條牛仔褲，好悶呀！」

若娟卻擺出一副異常正經的表情：「親愛的，那我穿屁股有兩個洞的牛仔褲好不好？這樣就夠特別，絕對不會失禮你呀……」

她們聊得興高采烈之際，若娟的手提響了。

「喂，貫偉，找我有什麼事？」若娟臉帶笑容，輕鬆地說。

「你有沒有看那篇關於你和妍婷的報導？」貫偉蠻不高興地問道。

若娟聽得出貫偉的語氣有點氣忿，頓時收起笑容：「有呀，怎麼了？」

「你和妍婷究竟在搞什麼鬼？」貫偉責問道。

「什麼搞什麼鬼？那篇報導是在亂寫，難道你不知道嗎？」若娟板着臉反問貫偉。

竟死不認錯！貫偉憤然說：「就算我知道是亂寫，你也應該要檢點一點呀！」

「我只不過是和妍婷去逛街、吃飯，哪裏不檢點？欲加之罪，何患無辭！那班狗仔隊要寫什麼、說什麼，我控制不了呀！」

「既然控制不了，那就小心點，不要讓人家誤會！你知道嗎，我爸爸和媽媽看了那篇報導，都問你是不是同性戀，煩了我一整天！」

「那你應該幫我向他們解釋，而不是走來責怪我！我是受

害者呀，你有沒有搞錯呀！」若娟叫道，她生氣了。

「解釋有什麼用，他們不相信我的話。總之你好自為之……」

什麼「好自為之」，若娟氣得快要噴火了，彷彿她幹了什麼十惡不赦的事。

「不要再讓狗仔隊拍到那些令人誤會的照片。我爸媽說了，如果你是同性戀，叫我不要再和你交往，也千萬不要娶你。」

「那就別娶呀，我有說要嫁給你嗎！」若娟怒沖沖地掛線了。

掛線後，若娟滿臉怒容，罵道：「神經病！」

「什麼事？」妍婷一直坐在若娟的旁邊，聽着若娟講電話，多少猜到是什麼事，心裏蠻抱歉的。要不是自己是明星，那幾張照片根本沒什麼大不了。

若娟正要破口大罵的時候，電話又響了。

「喂，琛哥。」若娟說。

「若娟，我看了你做封面的那本雜誌。你好厲害呀，沒想到你和明星一起住，這麼快自己也變了明星。」琛哥開若娟玩笑說。

「琛哥，你別挖苦我了，」若娟無奈地說，「為了那篇報導，我剛才跟貫偉吵架了。」

「怎麼了？」

「沒什麼！」她和他的交情還不至於讓她向他傾訴她的感情事。「你找我有什麼事？」

「沒什麼特別事，只是想看看那本雜誌有沒有讓你這個樣

貌端莊的女同志煩死？」

「你別亂講呀，我不是女同志。」若娟連忙否認。「那雜誌根本是在亂寫。我有男朋友呀，對女人一點興趣都沒有，怎麼會是同性戀！」

「那就好了！」

「什麼那就好了？」若娟覺得琛哥的反應有點奇怪。

「我的意思是你沒事就好了。」

「哦！謝謝你的關心。」

他們掛線了。究竟是她不是同性戀就好了，還是她沒事就好了，琛哥心裏有數，反正若娟的答案讓他安心了。

由大學到現在，若娟和貫偉已經交往了四五年，時間不算短，也不算很長。他們的愛戀，肯定過了激情期，也早已步入了穩定期，而且穩定得有點悶。不知道是愛得不夠深，還是愛得有點悶，兩個人的約會、見面，逐漸變成了一種習慣，可以交談的話題也越來越少。

「你和貫偉又怎麼了？」妍婷等若娟講完電話後，馬上問她道。

「真是無理取鬧！我是受害人呀，反而來說我，神經病！」若娟把她和貫偉的談話內容全告知妍婷，還氣沖沖地說道。

「對不起，我害你和貫偉吵架了。」

「不關你的事，你又不是不知道我們兩個一向都是這樣，只要我不聽他的，他就會不高興，我們跟着會吵起來！」

即使知道，妍婷也不希望是因她而起：「你們不是打算結婚嗎？動不動就吵架，會影響你們的感情，不太好呀！」

若娟不期然深深嘆了一口氣：「結婚，哪來那麼容易！一來，我們的經濟基礎都不隱定；二來，我覺得我們的感情越來越淡了。」

　　妍婷並沒有感到驚訝，她早就覺得貫偉對若娟根本不好，只是不好意思說出口。妍婷淡然說：「最近又怎麼了？」

　　「我發覺我最近跟他見面不興奮，不見面也不可惜，兩個人說話說得最多的時候是吵架的時候，而最糟的是我覺得他不關心我。」若娟一副失望的神情。

　　「現在才覺得他不關心你呀！」這回妍婷真的有點驚訝。

　　「其實這些年來我總是感到他不夠關心我，不過我又不斷地跟自己說是自己的要求太高。後來發生了我爸爸趕我走的那件事，我就沒法再騙自己。」

　　「我記得你說過那幾天貫偉好像失了蹤一樣！」

　　「是呀！那天我和我爸爸鬧翻了，我第一個找的人就是貫偉。他在電話裏跟我說了兩、三句話後就匆匆掛線了，之後我就一直找不到他。直到我發了一個短訊給他告訴他我搬了，他才出現。」

　　「這樣的男朋友要來幹什麼！」妍婷心裏想着。

　　「幸虧那天晚上琛哥一直陪着我，搬家的事也是琛哥幫我的。那段日子我很不開心，琛哥也經常開解我，和鼓勵我把劇本寫好。」

　　「那你後來見到貫偉，有沒有問他為什麼失蹤？」

　　「當然有呀！他呀，連藉口都懶得找，只是一直說很忙。」若娟頗氣憤地說。

為了朋友，之前不好意思說的，妍婷也要說了：「娟娟，有些話我一直不敢開口跟你說。」

　　「怎麼了？」

　　「結婚也好，不結婚也好，如果那個人根本不關心你，在你需要他的時候就失蹤，你是不是應該考慮一下是否值得和那個人繼續走下去？畢竟你和貫偉在一起，並不只是為了要找一個人陪你逛街、吃飯！」

　　「其實我曾經想過和他分手，只是交往了這麼多年，我……我捨不得呀！」若娟萬般感慨說。

　　「好的當然會捨不得，不好的為何要捨不得？反而應該是越早放手越好，長痛不如短痛！娟娟，人呀，最重要是懂得珍惜自己。與其浪費青春去招呼一個不關心自己的人，倒不如將精神、時間投資在自己身上，這樣更有價值，起碼你的人生不是只圍着另一個人在轉來轉去，活也活得自在一點。」

　　若娟默然不語，一面惆悵的坐在那裏。妍婷不知道她的話若娟有沒有聽進去，可是她不管了，繼續說她想說的。

　　「而且舊的不去，新的不來呀，琛哥不是對你很好嗎？」

　　「你千萬不要亂講呀！琛哥已經四十多歲，大我十多年呀！而且他有老婆、有家庭，我是絕對不會做小三的！」這回若娟的反應就相當大，她大叫道。

　　「別那麼緊張，我是打個比喻而已。」妍婷笑着說。

　　自從搬家事件後，若娟事無大小都會找琛哥商量，琛哥也很樂意給她意見。然而，妍婷無心的一句話，讓若娟響起了警號。之後，她想找琛哥也不敢找了。

第十一章
搖錢樹呀，搖呀搖

　　若娟離家已經半年了。

　　這半年裏，她拍了兩部電影和重寫《越空弒夫》，而她和父母的關係沒有變好，也沒有變壞。其實啟明和珮雲都感到很意外，沒想到若娟可以在外邊熬那麼久，沒想到她竟會和大明星呂妍婷住在一起，更沒想到會是他們求她。

　　啟明的公司生意越來越差，他請的唯一一個地產經紀志誠也離職了。有時候，啟明需要人幫他帶客人去看房子，就會叫珮雲找若娟。若娟願意幫忙，條件是如果賣了房子，她要收取一半佣金作為酬勞。喜歡、不喜歡，啟明也只好順從若娟的意思。

　　當紅的妍婷，事業　帆風順。她在《愛無悔》爆紅之後，就開始拍廣告、擔任剪綵嘉賓和出席不同機構的宣傳活動，可以說是名成利就。早陣子由她主演的那部電影《誰是我》，除了有票房、有口碑外，妍婷在電影裏的精湛演出，還讓她獲得提名角逐最佳女演員獎，和得到一個荷李活導演的賞識！這導演正與妍婷所屬的公司，洽談有關妍婷參演他下一部電影的合約。

　　在這一段日子，令妍婷最高興的事，並不是事業上的一帆風順，而是妹妹慕婷對她的態度有所改善。妍婷以為是因為她

搬了，兩姐妹的磨擦少了，所以妹妹沒像以前那麼恨她。其實慕婷的改變，是由於她認識了一個新朋友。現在的妍婷可以說是心想事成，可是人生又怎麼可能會如此美滿！

這天，下午時分，若娟在家裏埋頭苦幹，她已經把之前的《越空弒夫》全重寫了。上次她寫到許虹從峨嵋山回到家，在廚房裏煮仙草。若娟思考着故事該怎樣發展下去，想了好幾天，房間裏又傳出敲打鍵盤的聲音。

許虹在廚房裏，她將仙草放進裝了水的鍋子裏，正要開瓦斯爐的時候，突然間聽見開門的聲音、丈夫祖逸的聲音和另外兩個男人的聲音。許虹覺得奇怪，從廚房走出來，一看見祖逸就怒不可遏的衝過去打他，大叫大罵道：『你這個殺人兇手竟敢回來！你把兒子還我，把兒子還我！』

『太太，請你冷靜一點。』站在祖逸後面的兩個警察馬上拉開許虹。

兩個警察一個拉着許虹，一個跟着祖逸走到客廳。當警察看見躺在地上的兆龍，身上插着一把刀，面無人色，就立刻與總部聯繫，要求派救護車和女警來協助。

祖逸望着動也不動的兒子，淚流滿面。他蹲了下來，捉着兆龍的手，兒子無比冰冷的手讓他哭得更厲害。祖逸悲痛欲絕地說：『兆龍，爸爸害死你了，爸爸對不起你。』

許虹看見祖逸捉着兒子的手，整個人失控了。她瘋了般跑到客廳去，用盡全力推開祖逸，再將兆龍緊緊抱在懷裏，歇斯底里地痛罵道：『你別碰我的兒子！你這禽獸，親手殺死自己的兒子，簡直連畜生都不如！你有什麼資格當兆龍的爸爸？』

『臭婆娘，你給我閉嘴！要不是你的妖法，事情怎會弄到這個地步！』這回祖逸還擊了，他狠狠地瞪着許虹，恨不得把她殺了！

他們跟着大吵起來，還人打出手。幸好有警察在，才沒有釀成另一宗血案。

救護車來了，警察車來了。救護人員證實兆龍已經死了，要把他抬走。許虹為了阻止兆龍被抬走，牢牢地抱着他，聲嘶力竭地叫喊着：『別抬走我的兒子，我有仙草，我可以把他救活！』結果當然是徒勞無功。

之前祖逸在刺傷兆龍後，嚇得驚惶失措。在一片混亂之中，他逃離現場。祖逸走到大廈大堂遇上大廈的管理員。管理員看見祖逸面色蒼白，手和衣服都沾了鮮血，驚愕地向他查問發生了什麼事。祖逸支吾以對，說兒子受了傷，後來管理員幫他報警。警察來了，跟着祖逸回家查看，最終祖逸被警察戴上手銬帶走。

警察不允許許虹繼續留在屋子裏，說是犯罪現場，要等警方蒐集證據後，她才可以回來住。兒子被抬走了，但她有穿越時空的超能力，要做的事情，一定可以做到的。許虹帶着仙草去找她媽媽，準備……叮噹、叮噹……

叮噹！叮噹！門鈴響了，若娟停了下來。

「奇怪，是誰呀？」她心裏疑惑着。叮噹、叮噹，門鈴又響了。若娟匆匆跑去開門。她來到大門前，把防盜鏈掛上，再打開大門。一位跟珮雲差不多年紀，樣子頗艷麗的中年婦人站在門外。

「請問找誰呀？」若娟問。

婦人瞥了若娟一眼，一臉問號，質問道：「你是誰呀？怎麼會在我女兒家裏？」

「女兒家裏？難道這中年婦人是妍婷的媽媽？」若娟心裏想着。若娟從來沒見過妍婷的家人：「你是妍婷的媽媽嗎？」

「嗯！」

「我是妍婷的朋友，現在住在這裏。」

「開門呀！」妍婷的媽媽淑珍懶得管眼前這個丫頭是什麼人，用命令的口吻說。

「妍婷現在不在家呀。」若娟仍然沒有開門。

「我有事找她，你開門讓我進去等她回來。」淑珍不耐煩地說。

若娟稍作思量後說：「你等一下。」然後把大門關上。

淑珍在門外聽見若娟在屋子裏奔跑的聲音。

若娟又打開門了，不過還是掛着防盜鏈。她拿着手提對着淑珍，拍了一張淑珍的照片。

「你幹什麼呀你？我叫你開門呀，你幹什麼拍我的照片？」淑珍帶着幾分怒氣質問道。

「抱歉，因為我沒見過你，所以不可以開門讓你進來。不過我會將你的照片給妍婷看，只要她確認了，你下次來，我一定會開門的。」

「豈有此理！我是妍婷的媽媽，你這個外人竟敢不讓我進我女兒的房子！」

「不是，不是，我不是這個意思。我只是沒見過你，不敢亂開門而已，真的很抱歉！」

「算了！你跟妍婷說我需要三十萬，叫她給我開一張支票，我明天來拿。還有，叫她別不接我的電話。」淑珍沒興趣跟若娟爭辯下去，說畢，氣沖沖的掉頭走了。

若娟把門關上，邊走回房間邊喃喃自語：「三十萬呀！她媽媽的口氣卻好像要三百塊錢那麼輕鬆，真厲害呀！」

若娟回到房間，繼續寫她的劇本。

許虹來到她媽媽那裏，把兆龍的死訊告知母親；母親海瑛隨即猛力狠捶自己的胸口，嚎啕大哭。

『兆龍，兆龍，你死得好慘、好冤枉呀！』海瑛淚如泉湧地悲呼着。

許虹捉着母親的手，免得她傷害自己，安慰她說：『媽，你別傷心，別哭。我從峨嵋山採了可以起死回生的仙草回來，我會把兆龍救活，兆龍一定不會死的！』

『不准救！』海瑛喝道。

『為什麼不准救？』許虹感到莫名其妙，兒子死了當然要救呀！

『你爸爸死的時候，我也沒有要求你或是你叔叔把他救活呀！天意是這樣，我們就應該順從。』海瑛深深嘆了一口氣。『阿虹，如果你像你的堂哥和堂妹那樣，好好利用那超能力，循規蹈矩那樣做人，今天的慘劇就可能不會發生。』

『媽，現在說這些又有什麼用！』許虹帶着幾分悔意哭着說。

『阿虹，你還年青，說不定將來會再遇到另一個愛你的人，你和他會再組織家庭，再生孩子。如果你執意逆天而行，你造的孽就會越來越深，將來一定會遭天譴的！』死者已矣，海瑛害怕連女兒都失去，只好語重心長地勸她別再執迷不悟。

許虹不禁想起自己和祖逸的恩怨，可能這就是報應，情緒忽然失控，大聲哭叫道：『我不管什麼天意不天意，兆龍是我兒子，我一定要救！而且我相信爸爸應該早知道會發生這件事，所以他才會在臨死前把關於仙草的書和地圖都交給我。媽，救兆龍是爸爸的遺願，你不要攔我。遭天譴就遭天譴，我有超能力，什麼狗屁報應我都不怕！』

海瑛並不知道丈夫在臨終前將書和地圖交給女兒，心裏想着如果救兆龍真是丈夫的遺願，她只好成全。海瑛再沒有阻止女兒逆天而行，許虹就在母親家裏把仙草煮好，再拿着用仙草煮好的湯藥回去兆龍死前的一刻……

黃昏時分，若娟寫了一整天，累了。她關掉電腦，走到客廳躺在沙發上看電視，看着、看着，就睡着了。

晚上九點左右，妍婷回來了。她把電視關掉，再輕輕推了若娟幾下，輕聲說：「娟娟，娟娟，起來呀。」

若娟慢慢睜開眼睛，看着站在她面前的妍婷，睡眼惺忪地說：「你回來了。」

「嗯。要睡就回房間裏睡，在這裏睡會着涼的。」

「剛才寫劇本寫得很累，就躺在沙發上休息，沒想到睡着了。現在幾點了呀？」若娟坐了起來。

「九點多。」妍婷坐了下來。

「這麼晚了！你吃了飯沒有？」

「沒有，不過明天是早班，我不想再出去。」

「那我隨便煮點東西，大家一起吃吧。」

「哦。」

若娟準備去廚房的時候，想起了妍婷的媽媽下午來找妍婷。她就把淑珍來過和要三十萬的事告訴妍婷，也把她用手撼拍的照片給妍婷確認。

「幸虧你沒有開門讓我媽媽進來，要不然她今天拿不到那三十萬，一定不會走。」妍婷一聽見母親來找她，隨即愁雲滿面。

「她要那麼多錢幹什麼？」若娟好奇地問。

妍婷一時說不出話來，心裏充滿忿恨，對母親的所作所為感到極其羞愧，實在難以啟齒，便擺出一副平靜的臉容，毫不在意說：「是家用呀。」

「一個月嗎？」若娟卻是神色驚訝。

妍婷點頭。

「嘩！一個月三十萬家用，好厲害呀！」若娟的臉上不禁掛上一副嘖嘖稱奇的模樣。

「我媽媽是個大花筒，很喜歡買東西……」妍婷只好隨便找個藉口，可是話還沒有說完，她忽然雙手捧着臉，哇的一聲大哭起來，恍似一個再受不了壓力的壓力鍋突然爆炸一樣，哭個不停。

「我在她眼裏就是一棵不折不扣的搖錢樹，只要她一搖，她想要多少錢，就有多少錢！」

若娟立即將妍婷抱入懷裏，真的不知該說些什麼去安慰妍

婷。妍婷則倚在若娟懷裏繼續痛哭：「我前世不知道做錯了什麼，所以今世會有一個這樣的媽媽！」

若娟心裏想着，她一直以為自己有一個對自己漠不關心的母親，已經夠慘了。不過跟妍婷相比，她頓時感到自己幸運多了。

「你知道嗎，我還有世強和慕婷要照顧呀，我總不能一直讓她把我辛辛苦苦賺回來的錢拿去亂花呀！」妍婷泣訴。

「可不可以不給她？」

「不給她，她又會在我面前要生要死！」

「所以你就連她的電話都不接？」

「嗯。如果家裏真的有事，世強會找我。」

「那明天她再來，我就不開門，讓她以為沒有人在家，她自然會走。」

「唯有這樣。」

「明日愁來明日當，不要想那麼多了。」

若娟去了廚房煮晚餐，妍婷仍舊躺在沙發上，淌着流不完的淚水。

淑珍和國立搭上了。他有他的目的，向她展開追求；她有她的幻想，對他欣然接受。妍婷為了逃避狗仔隊，搬了去「迷你倉」住，令國立入住「迷你倉」的好夢成空！幸好他的甜言蜜語仍有一定的功力，淑珍還是心甘情願的在太古城租了一個五百多呎的單位給他住。對於她的小鮮肉，起初她是遮遮掩掩的，後來兒女發現有這樣的一個物體存在，她就索性明目張膽，無時無刻向妍婷獅子開大口。

「我不是你的搖錢樹，要花錢就自己去賺！」妍婷實在受不了，曾向淑珍大叫道。

然而她還是就範了。倘若她不乖乖聽話，母親不是一哭二鬧三上吊，就是嚇唬她說：「你不給也無所謂，我用呂妍婷媽媽這個身分去向財務公司借，一定是想借多少有多少！」這些都是國立教淑珍要的手段。

自此以後，妍婷就「人為刀俎，我為魚肉」，任由他們宰割。他們有一棵搖錢樹，活得好逍遙呀！再不滿足於單單在香港吃喝玩樂。兩人開始周遊列國，去法國試紅酒、澳洲看袋鼠、挪威追極光⋯⋯

那天晚上，妍婷無可奈何地開了一張三十萬的支票給淑珍。第二天，若娟依然沒有開門讓淑珍入屋，只在大門口把支票交給淑珍。淑珍順利拿到三十萬，笑容燦爛，轉身就走，不進屋又有什麼所謂！若娟把門關上後，回去房間繼續寫她的《越空弒夫》，心裏卻一直想着妍婷好可憐！

第十二章
明白了

　　如果有神，那應該有天使；如果有天使，那慕婷應該慶幸她遇到一個。

　　慕婷是在一個小公園遇到這天使的。當時是晚上十二點多，她正和一班朋友在公園裏無無聊聊地說着廢話，抽着煙。

　　為了逃避「AV妹」的封號，慕婷開始逃學，功課也跟着越來越差，最終變成無心向學。其實她對姐姐的感覺是挺複雜的，可以說是愛恨交織。她還記得姐姐搬走的那個晚上，她不但沒有心情出去玩，而且還躲在房間裏哭得死去活來的，捨不得姐姐呀！

　　慕婷不是不知道姐姐疼她，所做的一切都是為了她和哥哥。那又怎樣！她不需要姐姐那麼偉大，為了她犧牲色相！更討厭自己成為姐姐的包袱，討厭自己看着姐姐出賣肉體卻無能為力。既然什麼都做不到，就乾脆什麼都不做算了！於是她把所有的精力放在恨姐姐、恨自己的事情上，過着憤世嫉俗、自暴自棄的生活。

　　一個人逃學能逃去哪裏？不是在家裏睡覺、上網，就是一個人到處瞎逛，或是在網吧流連。慕婷起初的逃學生活都是這樣過，挺悶的；直到後來她在網上認識了幾個朋友，才開始夜生活。她這幾個網上朋友，大部分都是雙失青年，就是失學、

失業的年青人，而跟她在公園裏說着廢話的，也是這幾個人。他們都不知道慕婷的姐姐是大明星呂妍婷，只是覺得這個女生衣着時尚、有花不完的錢，經常請他們吃喝玩樂，跟她做朋友是一件不錯的事。

「身在福中不知福」真是一件頗可悲的事。如果慕婷可以像世強那樣，懷着感激的心去接受妍婷的付出，她的日子一定好過多了。其實人生在乎選擇，有時候沒有必然的對或錯，但一定有絕對的好與壞。

關於慕婷的逃學，妍婷和世強想管管不了，很擔心，很無奈；淑珍一天到晚在忙着關心另一個人，女兒的事，不想管也懶得管。幸好慕婷心坎裏還有一個她認為值得尊重的哥哥，腦海裏常常記住哥哥的一句話：「你要逃學、要出去玩，我管不了你。可是我希望你每一個晚上都會回家睡覺，和千萬、千萬不要吸毒，不要跟男孩子亂來！如果你碰了毒品，或是被人家把肚子搞大了，你的一生就完了，知道嗎！」

之後，慕婷每次玩到三更半夜回家，都會在世強的房門上貼上一張字條，上面寫着：我回來了。

慕婷和她的幾個朋友很喜歡晚上在一個小公園流連。這個公園沒有什麼花草樹木，有的都是給小孩子玩耍的設施和奔跑的空間。因為在深宵，這裏有空間，無人騷擾，讓他們感到自由自在，所以喜歡。那天晚上，慕婷和她的幾個朋友又在公園裏百無聊賴的時候，有一男一女朝着他們走過來。那男人手上拿着一根煙，看起來應該有三十多歲吧，年紀應該比那女人大。

他們走到這班年青人面前就停了下來。女人就站在慕婷的身旁，中等身材，樣貌端莊，戴着一副金絲眼鏡，短螺旋燙髮；身穿一件印有「艾莎」和「安娜」的上衣，和一條熨出有兩條筆直褲線的牛仔褲。慕婷看了站在她身旁的女人一眼，心裏不禁大叫道：「救命呀！她幾歲了，還穿《冰雪奇緣》的衣服！這個女人應該跟我姐姐差不多年紀，還在扮少女！真叫人受不了！短螺旋燙髮，現在是八十年代嗎？復古嗎？牛仔褲還有褲線！究竟她懂不懂牛仔褲跟西褲是不一樣的呀？真是侮辱了那條牛仔褲！」

「請問有火嗎？」男人問他們說。

小勇拿起放在他身旁的打火機，再將它遞給那男人。男人點了煙後，把打火機還給小勇，但他和女人並沒有離開，而是坐在幾個年青人附近聊天。過了好一會兒，那女人突然問慕婷說：「你的球鞋好酷呀！在哪裏買的？」

「球鞋店。」慕婷才不要跟毫無品味的人說話。她白了女人一眼，面無表情地應道。

女人感到很沒趣，心裏想着：「這女生好高傲呀！」

另一個女生婉儀，人比較善良，回答女人說：「是在旺角的『波鞋街』買的。」

「她的球鞋是我和婉儀陪她去買的，要一千多塊錢，好貴呀！」坐在婉儀旁邊的潔雯插嘴說。

「要一千多塊錢，真是很貴呀！」女人說。

「你們喜歡踢足球、看球賽嗎？」男人跟着問三個男生說。

「沒錢賭球，球賽有什麼好看！」阿榮說。

「也不是呀。如果只顧着賭球，看球賽的時候就無法欣賞球員的精彩球技。」男人說。

「當然不是啦，贏錢比欣賞球員的球技重要呀！」另一個男生阿堅馬上反駁說。

他們一班人開始討論賭球是對還是錯，和談論球賽、球員的話題。

談了好一會兒後，慕婷察覺到這兩個陌生人一直賴着不走，令她感到奇怪也起了戒心。她毫不客氣地質問陌生人：「你們兩個是什麼人？怎麼不停地跟我們搭訕？」

慕婷的質問沒有叫兩個陌生人尷尬、慌亂。他們微微一笑後，男的大方地說：「我們兩個是外展社工，我叫做林品超，她是我的同事曾允愉。我們的機構是專門為青少年提供服務的，而我們兩個的工作是主動接觸區內的青少年，希望可以協助他們解決問題。」

其實品超和允愉是在專門協助邊緣青少年的機構工作。兩人會到街頭、公園、遊戲機中心、網吧去找這些「邊青」，主動與他們接觸和提供輔導。只是此刻，兩人總不能在這班邊青面前說他們是「邊青」。品超和允愉從皮包裏取出名片給他們，幾個年青人知道這對男女是社會工作者後，都對他們很抗拒，再不願意與他們交談，兩人見狀，很快就離開了。

在那個晚上之後，品超和允愉還是會時不時去找這班年青人聊天，看看他們有什麼需要。日子久了，這班年青人感受到

兩位社工對他們的尊重和關心，大家建立了互信的關係。他們逐漸願意打開心扉，訴說流連街頭的因由，也逐漸願意接受兩位社工的幫忙。儘管仍然受不了允愉的衣着品味，慕婷對允愉也有所改觀，可是為了保護姐姐的名聲，她對自己的故事始終是三緘其口。

這個晚上，允愉正在哄女兒上床睡覺的時候，竟收到警察局打來的電話，叫她到警察局保釋郭婉儀、廖潔雯和呂慕婷。允愉感到異常驚愕，她向丈夫匆匆交待一切後，就趕去警察局。來到警察局後，允愉獲悉三個少女在快餐店為爭座位而跟另一班少女大打出手，最後快餐店報警，警察把所有人押回警察局。三個少女都不敢讓家人知道她們闖了禍，所以都叫警察找允愉。

她們離開了警察局。所有被押回警察局的女生，在警司警誡下全部獲准保釋。婉儀和潔雯都回家了，慕婷卻站在警察局外不走。

「怎麼了？還不走！」允愉感到奇怪問。

慕婷有點不好意思，吞吞吐吐說：「曾姑娘，謝謝你呀！」說着，愧疚的淚水就流了下來。「很抱歉，我對你的態度一直不太好，希望你能原諒我。」

「別哭，沒事。以後不要再那麼魯莽，如果留了案底，對你的前途是會有影響的。」允愉微微一笑，將手搭在慕婷的肩上。

「嗯。曾姑娘，我可不可以請你喝杯汽水，當作賠罪。」

其實當時已經挺晚，允愉想回家陪老公，不過難得慕婷作主動，讓她可以趁機多瞭解這個邊緣少女，就爽快地說：「可以呀。」

　　她們在麥當勞。在言談之間，允愉得知慕婷來自一個單親家庭；母親經常外出，姐姐養家，哥哥正在讀大學。允愉還開玩笑說：「我今天才知道你姓呂。呂慕婷……要不是認識你，我真的會亂猜你是那女明星呂妍婷的妹妹。」

　　「我才不要做那種人的妹妹，只懂得脫衣服！」慕婷一臉不屑。

　　「她不是只懂得脫衣服呀。你有沒有看過她的電影？我覺得她的演技蠻好的。」

　　「我當然有看過她的電影。她在《愛無悔》裏，不是經常只穿着胸圍、內褲，跟不同的男人演床上戲嗎？」

　　「你好奇怪呀，怎麼只是記住一些床上戲！」

　　「你才奇怪呀！」慕婷不太高興地叫道。那些床上戲對她的傷害最深，一直像根刺扎在她的心頭上，她當然沒法把它們忘掉。

　　「那只是整部電影裏的幾場戲而已。」允愉平心靜氣地說。「呂妍婷在《愛無悔》裏是演一個離家出走的少女。我因為工作關係，經常會接觸到這些女孩子。我覺得呂妍婷把這些少女的無知和她們內心的恐懼、悲痛，完完全全地表達了出來，就好像她是她們的一分子，明白到她們有多無助，所以我挺欣賞她的。」

「脫衣服就是脫衣服，跟她有沒有演技根本是不相干的！」慕婷真的很訝異，居然有一個如此正派的人欣賞她姐姐，但她依然不屑，依然堅持！

「你看事情怎麼這麼片面！呂妍婷是演員，我認為作為一個專業的演員，如果劇情有需要，如果導演有要求，她就有責任把戲演好．」

慕婷不吭聲的坐在那兒，心裏竟有點高興，好像找到了理由去接受姐姐脫衣服。

「你知道嗎，我很喜歡一個英國女演員，Kate Winslet，因為她的演技精湛。她曾在電影《Titanic》裏有露點演出，但仍然獲得提名角逐奧斯卡最佳女主角獎。而讓 Kate Winslet 榮登奧斯卡影后的電影《The Reader》，更是一部三級片，她在電影裏和那男演員也有一場相當大膽的床上戲。我想說的是，你不可以因為一些女演員拍了一些比較大膽的鏡頭，就否定她們的演技和努力。」

「那只要有演技，拍三級片、色情片也無所謂了嗎？」

「不是，我不是這個意思，而且我也認為賣弄色情、賣弄性感是一件很噁心的事。我只不過是希望你看事情可以全面一點，眼光不要那麼淺窄，才和你說這些。」

慕婷笑了，心結解開了，笑得無比燦爛。

「曾姑娘，你可不可以讓我幫你做一件事情作為報答？」

「幫我什麼？報答什麼？」允愉感到莫名其妙。

「其實你的樣子挺好看的，但是你的衣着品味真是很駭人。你可不可以讓我當你的形象設計師，幫你改變形象？」

允愉頓時有點尷尬，但也笑了：「我一向都不太懂得打扮，加上又要工作，又要照顧老公和女兒，哪來時間去管什麼衣着品味！好呀，我就讓你幫我改變形象，不過不要越改越糟呀！」

慕婷笑得比剛才更燦爛，彷彿英雄找到用武之地似的：「你放心吧，我一定會把你變漂亮的。首先你要去換一個時髦一點的髮型……」

之後她們兩個會時不時一起去逛街買衣服，感情也越來越好。慕婷依然沒有向允愉透露她的姐姐是誰，可是遇到想不通的事情總會向允愉請教。

慕婷不再逃學了，因為不再需要逃避。她學懂了保護自己，遇到同學們嘲諷她是「AV 妹」的時候，她會毫不畏懼去反擊，說她們眼光淺窄，再用允愉的一番話和 Kate Winslet 做例子去教訓她們。

她不怕諷言諷語，學校再不可怕。

第十三章
盜夢者

　　若娟今天好高興，因為她的大作《越空弒夫》終於大功告成。

　　這晚，她抱着愉快的心情去參加嫦姐在蘇豪一家酒吧舉辦的生日派對。在蘇豪，酒吧的客人都喜歡在酒吧外的人行道上談天、暢飲。若娟在酒吧裏、人行道上遇見很多朋友，跟他們來個重逢的擁抱後，就開心地告訴他們，她的劇本已經寫好了，大家都恭喜她。

　　「將來你當導演，一定要找我做服裝造型設計師呀。」頌慈挺認真地說。

　　「你也要找我當攝影師呀。」阿輝也說。

　　「好呀，但是你不要收那麼貴呀！」若娟一律回覆道。

　　幾個年青人在大談他們的夢想。正談得興高采烈之際，有一隻狐狸無意中聽到他們的高談闊論，心懷不軌。

　　若娟在下午完成《越空弒夫》的一刻，第一個想告訴的人就是琛哥。由於妍婷無心的一句話，若娟再不敢跟琛哥見面，連電話也不敢打，可是心裏又有很多話想跟他說。她在派對裏東張西望，希望可以看見琛哥的蹤影，希望可以當面告訴他這個好消息。這時候，狐狸走到若娟身旁跟她打招呼。

　　「史導演，你好！」若娟說。

「聽說你在寫劇本，寫好了沒有？是個怎麼樣的故事？」鼠眼導演史博聰跟若娟閒聊了幾句後便試探她道。

鼠眼導演專偷意念的事，若娟也略有所聞。她裝出一副笑臉說：「我亂寫而已！」然後借故走開了。

在《誰是我》後，鼠眼導演一直沒找到好劇本，事業停滯不前，所以他絕對不會放過任何一個可以將別人的劇本據為己有的機會。

琛哥來了。若娟看見他，很是高興，第一時間走到他身旁，滿面笑容說：「琛哥，我已經把我的劇本寫好了。」

「恭喜你呀！什麼時候寫好的？」琛哥也報以開心的笑容。

「今天下午。」

「希望將來可以在電影院裏看到你的傑作。」

「我也希望有那一天！阿輝已經答應當我的攝影師。」

「是嗎！」琛哥依然笑着，心裏好失望，怎麼找阿輝也不找他！

他們聊了沒一會兒，若娟看見貫偉回來了，一股莫名的罪惡感立刻湧到她心頭上。她不敢再和琛哥聊下去，草草結束兩人的談話，去了找貫偉。

「你回來了。」若娟對貫偉說。

「嗯！我把嫦姐的幾個朋友從地鐵站接來了。」貫偉帶着幾分抱怨說，心裏想着：「我是她的助手，不是她的工人，她用不着把我使喚得像狗一樣！」只是敢怒而不敢言！

若娟和琛哥在之後再沒有怎麼交談過，但他們都不自覺地偷望了對方好幾次。其實琛哥跟若娟一樣，是一個不喜歡交際

應酬的人；他今天晚上會出現在派對裏，為的只是想見若娟。他們已經幾個月沒見過面，甚至沒怎麼聯繫。在幾個月前，每次琛哥打電話給若娟，若娟總會用不同的理由極速掛線。琛哥並不笨，當然看得出若娟在躲她。縱使情不自禁，縱使老婆早已移情別戀，琛哥很清楚他在若娟眼裏是一個中年人，而且還有家室，對他避之則吉也是很正常的事。

除非解決了自己的問題，要不然他憑什麼去追逐？

臭味相投的人一定會嗅到哪個人是自己的族類。鼠眼導演沒法從若娟嘴裏套到任何資料，就去找貫偉，很容易從貫偉口中獲悉若娟所寫的劇本，是關於一個女人穿越時空謀殺親夫的故事。挺有意思呀，狐狸心裏暗暗歡喜！

「我一直在找劇本，你看可不可以叫若娟讓我看看她的劇本，如果是合適的，我有可能會開拍，到時我一定會讓你做這部電影的製片。」他哄貫偉說。

「真的嗎？你真的會讓我做製片？」終於等到出人頭地的機會，終於不用再做嬋姐的跟班！貫偉的面上掛着無限喜悅。

「當然呀！我一直覺得你的工作能力很好，只是欠一個機會而已。總之，如果我用若娟的劇本，你就是我的製片。」鼠眼導演的語氣是那麼的堅定，心裏卻嘲笑着貫偉：「如果我再拍電影，當然還是會用經驗豐富的嬋姐做製片啦，笨蛋！」

「好，一言為定！我會叫若娟電郵她的劇本給你。」貫偉信以為真，滿懷希望！

派對後，貫偉帶了若娟去咖啡館，準備跟她商量怎樣滿足鼠眼導演的要求，怎料到若娟斷然說：「很多人都說史導演喜

歡偷別人的意念，如果他真的想找你做製片，根本不需要提出條件說用我的劇本才用你。」

說得好像他要靠她似的！貫偉不服氣地嘴硬道：「你是不是聽不懂我的話？我是說史導演會在他的下一部電影找我做製片，而他的下一部電影恰巧想用你的劇本。」

「你喜歡怎樣說就怎樣說，反正我不會讓他看我的劇本！」

「為什麼？有人賞識你，你為何不抓住機會！」貫偉繃着臉，非常討厭若娟在扮清高。

「沒有好的廚師，就算有上乘的材料也不會煮出佳餚，甚至會把美好的食材糟蹋了！」

「什麼？」

「我不想史導演把我的劇本拍死！」若娟直截了當地說。

「把你的劇本拍死！你以為你是什麼金牌編劇嗎？」貫偉心裏臭罵着，可是眼下他真的要靠她，只好說：「怎麼會把你的劇本拍死？史導演的《誰是我》票房不是挺好的嗎！」

「可是他拍戲的手法很悶呀，只懂得大頭、半身、wide shot。我的劇本，我當然想自己拍！就算我不拍，我也不會讓史導演拍，因為我不覺得他能夠把一個穿越時空的故事，拍成一部有趣的電影。」

「拍電影當然是用不同的鏡頭去講故事，難道你要整部電影全都是大頭，或全都是半身嗎？」

「我不是這個意思。」若娟頓了一下後說：「你知道嗎，在《誰是我》裏那場耀華衝出馬路的戲，師兄說……」

「又是孜承！」貫偉氣忿地插嘴說。

若娟沒有理貫偉，繼續說她的話：「師兄說如果讓他拍，他會用耀華的主觀鏡去拍，畫面是耀華眼裏的死亡之路，那個把耀華撞倒而嚇得半死的貨車司機，朦朦朧朧的妍婷抱着他淚流滿面，最後鏡頭由絢麗的晚霞變成漆黑一片。背景的聲音他會用飆車聲、車撞人的碰撞聲和慘叫聲、路人的驚叫聲、妍婷的狂呼亂叫聲，再配上急促緊張的音樂……」

　　「你跟我說這些幹什麼，我沒興趣知道孜承會怎樣拍！」貫偉不耐煩地打斷若娟的話。

　　「我想說的是，沒錯，電影是用鏡頭去講故事，但可不可以用得有創意一點？不一定要像史導演那樣死板，每次都是先拍wide shot，然後補大頭或是半身。」

　　「算了，我不想跟你討論怎樣拍電影。就當是為了我，你可不可以把劇本給史導演看一看？」

　　「可是我不相信他是真的想找你當製片呀！」

　　那天晚上，若娟和貫偉不歡而散。

　　兩天後，貫偉告訴若娟，他跟嫦姐提起她的劇本，希望嫦姐可以幫忙看看有沒有老闆願意投資。嫦姐答應了，還叫若娟把劇本的大綱給她看。

　　男朋友終於明白她追求夢想的堅持，若娟心裏好高興，很快寫了一篇故事大綱給貫偉。又過了兩天，貫偉告訴若娟嫦姐看了大綱後，有興趣看她的劇本，叫若娟把《越空弒夫》的劇本電郵給嫦姐。若娟的回覆是要先跟嫦姐見面，再把副本交給她。

　　這天，若娟帶着《越空弒夫》的隨身碟去找嫦姐，卻看見貫偉在辦公室大廈的樓下等她，感到很愕然。

「你怎麼會在這裏？我上去找你和嫦姐不就可以了嗎？」

「嫦姐剛剛和導演出去見一個演員，我免得你白走一趟，所以在這裏等你。你把副本交給我，我幫你交給嫦姐吧。」

「我不是說了，我要先跟嫦姐談一下，然後才會把我的劇本給她看嗎？而且我沒有副本，只是帶了手指來。」

「那好吧。既然我出來了，我們去約會吧，我們好像很久沒有去看電影了。」

「應該說我們很久沒有好好約會了。」

兩人面帶笑容，手牽着手去約會了。

可能是手袋裏放着隨身碟，若娟今天特別緊張她的手袋。無論是在時裝店試衣服也好，或是上洗手間也好，若娟都沒有將她的手袋交給貫偉保管過一秒，直到晚上。他們在商場裏的電影院看完電影後，到商場裏的美食廣場吃晚飯。每逢晚飯時間，美食廣場裏的人就特別多。

「我們先去找座位吧。」若娟說。

過了一會兒，他們才好不容易找到座位。

「你先去看看想吃什麼，我在這裏等你。」貫偉說。

「哦。」

若娟背着手袋正要離開的時候，貫偉對她說：「你把手袋放下吧，人這麼多可以佔着位置。」

若娟猶豫着，貫偉只好再說：「你放心吧，我會看着你的手袋，不會不見的。」

若娟就把手袋放在桌子上，神情嚴肅：「我的手指在裏面，你要好好盯着它呀！」

「知道了。」

等了一整天就是等這個機會！若娟離開後，貫偉迅速打開若娟的手袋，連忙找呀找，但任憑他怎麼翻來翻去，就是沒找到那隨身碟。仕翻手袋的同時，貫偉的一雙眼睛乂追蹤着若娟正身處廣場的哪一個角落。當他看見若娟仕遠處拿着放了食物的盤子回來，他就馬上把手袋放回原處。

「你去買東西吃吧。」若娟回來了，她把盤子放好後，坐了下來說道。

可是他還沒有找到隨身碟呀！貫偉說：「其實我昨天晚上開夜班，整個晚上都沒睡，現在很累，不想走來走去，你去幫我買可以嗎？」

「你怎麼不早跟我說你昨天晚上開夜班，那我就不會叫你陪我去看電影。」若娟有點抱歉。

「是我說要看電影的，不關你的事。」假裝體貼是一件多麼容易的事，她被騙得團團轉呀！

若娟跟着匆匆去幫貫偉買吃的，再沒有理會她的手袋安全不安全。她走了之後，貫偉繼續翻呀翻，但仍然找不到那隨身碟。「她明明說她的手指在手袋裏的，怎麼找來找去都找不到！」在他自覺真倒霉、正要放棄之際，忽然發現手袋的一邊有一條小拉鏈，便好奇地把拉鏈拉開來看。

真是皇天不負有心人！找到了，找到了，他差點高聲歡呼起來！貫偉將若娟的隨身碟極速放進自己的背包裏。

她的夢想就這樣被他偷走了！

第十四章
一切都完了

惡夢開始了！

若娟回到家後發現隨身碟不見了，立刻打電話給貫偉，問他有沒有見過她的手指。貫偉回答說：「你沒有拿過手指出來，我怎麼會見過！」

隨身碟真的不見了，若娟沒有哭得死去活來，反而感到很慶幸！

掛線後，貫偉沾沾自喜，以為自己已經踏上了當製片的青雲路，輕佻地將若娟的隨身碟拋來拋去。他打開電腦，再把隨身碟插進去；不到三十秒，他的快樂終結了，笑聲變成驚叫聲：「什麼！」貫偉盯着要求他輸入密碼的電腦熒光幕，心情糟透了！

「沒想到若娟會變得那麼謹慎，竟然在手指加上密碼！」他只好開始亂猜密碼是什麼，開始輸入若娟的生日日期、自己的生日日期、若娟喜歡的食物、東西等等，但通通都是錯的。經過半個小時的努力，他還是沒法打開隨身碟來看，原來得物無所用！貫偉在一怒之下把隨身碟扔掉！

打開隨身碟的密碼，是《越空弒夫》被啟明刪除的日期。就是在那天，琛哥在咖啡屋裏提醒若娟：「你一定要好好保護

自己的創作，那些是你的心血呀！如果將來你再寫劇本的話，你不單要留副本，還要在手指上加密。那麼就算有一天你不小心弄丟了手指，就算給別人撿到了，沒有密碼也不能把它打開來看。知道嗎？」

即使貫偉能夠把隨身碟打開，他一樣會失望。隨身碟裏只儲存了《越空弒夫》的一小部分。經一事，長一智，若娟牢牢記住琛哥的一番話，在沒有確定嫦姐是否真的會幫她之前，她覺得只讓嫦姐看劇本的一小部分比較安全。

其實嫦姐根本沒說過要看《越空弒夫》的大綱，也沒叫過若娟把劇本電郵給她，更不知道自己答應了幫若娟找投資者。一切都是貫偉搞的鬼！那天，貫偉突然對嫦姐說：「嫦姐，若娟寫了一個劇本，想請你給點意見，可以嗎？」嫦姐爽快地回答說：「可以呀。」於是貫偉就砌詞叫若娟寫故事大綱。他跟着把大綱給鼠眼導演看，鼠眼導演當然是接着要求看劇本，貫偉就再去騙若娟，叫她把劇本電郵給嫦姐。只要若娟依照他的話去做，他要從嫦姐那裏拿到劇本，真是易如反掌。

她已經很久沒找他了。今天晚上，若娟為了感激琛哥，打了個電話給他。她把今天不知道怎樣把隨身碟弄不見了的事說給琛哥聽，語氣是那麼輕鬆。

「幸虧你之前提醒我要在手指加上密碼，要不然我現在一定會哭死。謝謝你呀！」

「你怎麼總是這麼大意！這次算你好運，以後一定要小心一點呀，知道嗎？」

「哦！」若娟乖乖地說。

「你不是說你已經把《越空弒夫》寫好了嗎？大結局是怎樣的？」琛哥的臉上掛着幾分笑意。難得她打電話給他，一定要捉住機會跟她聊久一點。

「上次我跟你講到哪裏？」

「好像是講到女主角回去救她的兒子。」

若娟就把之後的劇情告訴琛哥。

許虹拿着湯藥回到兆龍奄奄一息的時空。她慌忙地餵兆龍喝湯藥，可是兆龍已經在死亡邊緣，極度虛弱，根本沒有力氣把湯藥吞下去。許虹餵的湯藥，全部從兆龍的嘴邊流出來。她淚如泉湧，萬分焦急地說：『兆龍，你乖呀，趕快把湯藥吞下去，要不然待會他們會來把你抬走。』

過了沒一會兒，兆龍死了，祖逸和兩個警察來了，許虹再一次看着兒子被抬走，悲痛欲絕。她不停地想着：『怎麼辦？要怎麼辦？』腦海亂成一團。她又瞪着被戴上手銬的祖逸，恨不得把他殺掉！『沒錯，就回去之前的時空把這個混蛋殺了，這樣兆龍就不會死在他手上！』許虹把心一橫，回去了她和祖逸在家裏爭吵、兆龍還沒有回到家的時空……

今天晚上，若娟以為自己很幸運，逃過一劫，和琛哥談個不亦樂乎。

她追逐她的電影夢，她有她的堅持；他追逐他的製片夢，他也有他的堅持。貫偉沒有拿到他想要的東西，當然不會就此罷休。今天晚上他絞盡腦汁，想着怎樣令那隻蠢豬自投羅網。最後他總算能夠安然入睡，而且還發了一個好夢！

第二天早上，貫偉打了一個電話給若娟約她當晚見面，還問若娟有沒有找到她的手指。若娟輕鬆地說：「沒有，不過沒關係。我的手指是要用密碼才可以打開的，而且裏面只有電影開頭的五場戲，所以就算真的被打開了，也沒什麼大不了。」

　　貫偉立刻回應一句：「那就好了！我昨天晚上還一直為你擔心。」掛線後，貫偉臭着臉大罵道：「他媽的！原來那手指裏只有五場戲，害我昨晚白白浪費了精神和時間。」然而，絲絲奸笑隨之浮現於那張正臭着的臉上。

　　晚上八時，若娟和貫偉坐在一家舊式茶餐廳的卡座上。這茶餐廳的面積並不是很大，白色的牆身，餐廳的兩邊是米白色的木椅卡座，中間是幾張玻璃圓枱。可能是舊式，可能是過了晚飯時間的高峰期，餐廳裏的顧客並不太多，人聲也不太嘈雜。若娟和貫偉點餐後，貫偉就從背包裏拿了兩個橘子出來。

　　「怎麼會有兩個橘子？」若娟感到很奇怪。

　　「是今天下午嬋姐給我的，又不好意思不要。它們把我的背包弄到一股橘子味，好臭，所以我要把它們拿出來。」貫偉埋怨說。

　　貫偉把背包的拉鏈拉開後，沒有再把它拉上。「若娟，我想讓背包裏的味道趕快散去，但我又好討厭那橘子味，我這背包放你那邊可以嗎？」

　　「可以呀。」

　　貫偉就把他的背包遞給若娟。若娟接過背包，把它放在自己旁邊，叮囑道：「記得別把拉鏈拉上，要不然那氣味是不會散的。」

「知道了！要不要再拉開一點？」

「也好。」

若娟跟着把背包的拉鏈再拉開一點。他們點的餐來了，兩人邊吃邊談着一些瑣事。

「哦，差點忘了告訴你，嫦姐說她最近很忙，要遲　點才可以幫你找投資者。」貫偉說。

「是嗎？」若娟有點失望。

「你不用那麼失望，只要嫦姐一有時間，我就會提她。」

「謝謝你呀！」若娟笑着說。

「不過……」貫偉的臉上略帶不悅之色。

「不過什麼？」

「不過我是你男朋友，你到現在還沒有告訴我《越空弒夫》的大結局是怎樣的，是不是有點過分？」

「我以為你沒興趣知道呀。」

「怎麼會沒興趣知道？我女朋友的作品，我當然有興趣知道它有多好。我不是在幫你找投資者嗎？」

「對不起、對不起！我們上次說到哪裏？」

「我也忘了。你從頭開始說起吧，這樣我才可以感受到《越空弒夫》的劇力呀。」

「說的也是。」

若娟開始興奮地講述許虹的故事，貫偉專心地聽着，甚至對一些細節提出不少問題。要蠢豬自投羅網有多難！

大約在一個星期後，晚上十一時左右，若娟收到琛哥的電話，立時感受到晴天霹靂的恐怖。史導演拿着一個跟《越空弒

夫》一模一樣的故事大綱和分場去找老陳投資！

　　所謂分場，就是劇本裏每一場戲的大綱，那代表着導演或編劇對故事情節的發展已有了相當的掌握。這惡耗令若娟整個人儡住了，愣住了，腦海一片空白，只懂得一直說：「怎麼可能……怎麼可能？」

　　「難道我會騙你嗎？老陳把那分場給我看了，還問我的意見。我跟他說……」若娟拿着電話，聽見電話裏有個人不停地嗌嗌叫着，至於他在叫些什麼，她完全聽不到。恍惚之中，她失魂落魄，但還是嘗試去把那飛散了的魂魄捉回來，還是努力在那空白的腦海裏尋找記憶。

　　「喂、喂！若娟，你有聽見我說的話嗎？」那嗌嗌聲焦急地叫着。

　　「琛哥，你現在在哪兒？可不可以開車送我去西貢菠蘿峯找貫偉？」她那平靜的語氣無法掩蓋顫抖的聲音。

　　「可以。十分鐘後在你家樓下等我。」其實琛哥怕她會出事，早已在她家樓下，而他也很快猜測到若娟要去找貫偉，今次應該是貫偉幹的好事。

　　他們在車廂裏。剛才若娟上車的時候，琛哥已注意到她那雙又紅又腫的眼睛。

　　「你還好嗎？」琛哥關心地問。

　　「嗯！」若娟輕輕點頭。

　　之後，車廂裏陷入一片寂靜。她什麼都不想說，他也不敢多問。

　　過了好一陣子，琛哥嘗試打破寂靜。

「我剛才在電話裏跟你說，我已經告訴老陳那劇本是你寫的……」

「琛哥，我們待會再談這事情可以嗎？我想先跟貫偉弄清楚到底是什麼一回事！」他的話還未說完，已被她打斷。

他覺得她的心仍然向着男朋友，心裏一陣酸、一陣痛，再沒有什麼想說了。又是一片寂靜的車廂。

一路上，若娟不斷想着，這件事應該不會是貫偉做的。她只跟貫偉講過一次《越空弒夫》的劇情，只是一次，他怎麼可能完全記得整個故事的情節，而且還可以寫得出分場？女人就是這樣，明明知道是被愛人出賣了，但又不願意承認，更不願意面對，緊緊抓着的不知是那顆背叛的心，還是自己的自尊！

他們來到菠蘿峯。這天晚上，貫偉和攝製組在菠蘿峯的郊野拍攝一場警匪追逐的戲。若娟在工作人員之中找到了貫偉，把他拉到一旁。

「你是不是把《越空弒夫》的劇情告訴了史導演？」若娟紅着眼質問貫偉。

「我沒有！」貫偉面無異色，心裏卻是大嚇一跳，想着若娟怎麼會突然問起這事情？他必須先發制人！「你沒事做嗎？這麼晚跑到老遠來問我這個無聊的問題，沒想到你是那麼不信任我，我真的對你好失望！」他面目嗔怒，說畢，掉頭就走。

縱使此刻方寸大亂，若娟的反應還是相當快。她一手捉着貫偉的手臂，不讓他走。

「你別想走！你之前不是一直叫我把劇本交給史導演嗎，到底是不是你把《越空弒夫》的故事內容告訴史導演？」她不

是為了要他承認才追問，反而是為了要他否認才追問，這樣她才可以放過自己的有眼無珠，放過自己的愚蠢！

「我不是說了，我沒有跟史導演談過你的劇本！你不相信我，我也沒辦法！而且你到處跟人家說你在寫劇本，你就那麼肯定不是其他人把《越空弒夫》洩露給史導演知道嗎？」

他這麼的一句話讓她醒了。除了貫偉，就只有妍婷和琛哥知道《越空弒夫》的整個故事內容，兩個她絕對信任的人。她肯定了。若娟終究要面對不願意面對的現實。她的心裂了，淚流了，再也控制不了自己的情緒，激動地喝道：「貫偉，我是你女朋友呀，你為什麼要出賣我！」

貫偉很清楚此刻他絕對不可以有絲毫閃縮，他也大聲地回敬若娟：「你到底在說什麼，我哪有出賣你！我沒見過史導演，怎麼可能跟他說《越空弒夫》的故事內容？」然後他用力甩開若娟捉着他的手，定要速速離開此地。

貫偉轉身走，若娟跑了上去擋住他的去路，要他把事情說清楚。兩人在爭執之際，有一個工作人員匆匆走了過來。

「貫偉，找到你了。」那工作人員留意到若娟滿面淚水，嚇了一跳，便趕快說：「有兩個特約演員還沒到，嫦姐現在發了狂的到處找你，問你到底有沒有發通告給他們？」

出事了！貫偉在上星期因為忙於寫《越空弒夫》的分場，工作上的事情，他全都是敷衍了事，他根本記不起自己有沒有發通告給那兩個特約演員。

若娟看見有人來了，急急擦掉眼淚。

「水哥，我現在就回去。」貫偉仍然能保持冷靜。

水哥不知道兩人發生了什麼事，只知道場面尷尬，不宜久留，便匆匆離開。臨走前他說：「你真的要快點回去，嬋姐已經在罵人了！」

水哥離去後，貫偉一雙怒目緊緊盯住若娟，咆哮道：「你聽見了沒有，嬋姐在找我呀！我沒時間、沒興趣陪你在這裏發神經！」

他轉身走了。這次若娟沒有追上去，只在貫偉身後大叫：「你別以為你不認，我就拿你沒辦法！我會去找嬋姐，把你在我面前罵她的話全部告訴她，大家一拍兩散！」

他不仁換來她不義！對付一個無情無義的人，以牙還牙也不為過。

若娟這麼一說，貫偉迫不得已地停下了腳步。他回頭，滿面殺氣騰騰的朝着若娟走過去。他站在她的面前，兩人是貼得那麼近，連對方的呼吸聲都在自己的耳邊。貫偉一手扯着若娟的衣領，兇巴巴的瞪着她，在她耳邊喃喃道：「是我做的又怎樣？我警告你，你別亂來，要不然我對你不客氣！」

豺狼終於現形了！她彷彿從惡夢中驚醒一樣，臉色一紅一白。若娟用盡全力推開貫偉，怒吼道：「我亂來又怎樣，難道你敢殺了我嗎？！」她邊說，淚水邊不由自主的撲簌簌地滾下來。

貫偉卻報以冷笑：「你忘了你的《越空弒夫》在我手上嗎？如果你敢亂來，我明天就把它到處派，讓全世界都知道那是我的作品，你以後甭想拿着它去找投資者！」

若娟的一雙淚眼露出兇光，恨不得一個巴掌飛過去。

「你……」她氣得連話都說不出來。

「你什麼呀你！你的夢想不是要將《越空弒夫》拍成電影嗎？我現在是在幫你呀，你應該感激我才對呀。我看你還是好好準備跟許虹說再見吧！」貫偉帶着得意的笑容走了！

他笑着離去，她哭着目送他的背影。若娟沒有返回車上。她坐在路邊，低着頭，一時拚命地咬手指頭，一時狠狠地捶自己的前額，一時瘋了般抓頭髮，更不停地自言自語：「為什麼會這樣的？為什麼會這樣的？」眼淚就一顆、一顆滴到衣襟上。

她自問一直都很努力生活。倘若父親不是那麼絕情，她肯定不會與父母鬧翻，而且還會繼續聽從他們的說話。讀書、工作從沒有如意過，她也從沒有埋怨過，只是逼自己積極地面對人生。至於貫偉，縱使兩人的感情已由濃轉淡，縱使知道自己已經愛上了另一個人，她也沒有想過會離他而去。但她得到的卻是與父母決裂、被男友出賣，甚至連自己多年來的努力都被偷走了！一切都完了！

「我究竟做錯了什麼會弄成這樣子？」這個問題不斷在她的腦海裏徘徊，越想就哭得越厲害，越覺得自己為什麼這麼倒霉，總是頭頭碰着黑！

她坐在路邊傷心難過，他坐在車上何嘗不是傷心難過！剛才若娟下車的時候，對琛哥說：「我去找貫偉，你在這邊等我好嗎？」

「如果你找到貫偉，就帶他過來這邊談，這樣我可以看着你，那我也可以安心一點。」琛哥連忙說。

「嗯。」

他之後坐在車廂裏看着他們爭吵，看着她被他欺負。若娟被貫偉扯着衣領時，琛哥差一點就衝過去揍貫偉一頓。然而他是雷鐵琛呀！差不多每一個工作人員都認得他。在電影圈傳得最快的是謠言。只要有一個工作人員看到他介入若娟和貫偉的事，第二天傳來傳去的肯定是什麼父女戀、四角戀，這樣若娟就會有理說不清！

他只好按住怒火，坐在車上乾着急。後來她坐在路邊，崩潰了；他看在眼裏，心碎了。除了一直凝視着坐在對面馬路的她，他竟然無能為力。兩人離得這麼近，原來相隔那麼遠！琛哥滿面憂愁，無奈地坐在車廂裏等，嘴邊卻不停地咕嚕着：「快回來呀，快回來呀！」

他們在回程上。剛才若娟一直坐在路邊，直至她的手提響了，她看見來電者是琛哥，但她沒有聽。過了好一會兒，她掙扎着，要她那軟弱無力的身軀站起來再走到對面，實在是頗為艱巨。

當若娟回到車上時，她什麼都沒說，琛哥也沒有問，想着：「她想說就說，不想說就由得她吧。」

到了若娟家樓下，琛哥把車停了下來。

「可以繼續開車嗎？」若娟問。

「要去哪兒？」

「不知道，你繼續開車就可以了。」其實她只想他繼續留在自己身邊。

夜半時分，交通非常暢通。琛哥由香港開去九龍，九龍開去新界，再由新界返回九龍，九龍返回香港，這樣來回了兩次，

也差不多天亮了。一路上，若娟沒說過半句話，心裏一直想着兩個問題。

「快天亮了，我送你回家睡覺好嗎？」琛哥說。

「琛哥，我沒有害人，也沒有做壞事，為什麼上天要這樣對我？」若娟感到萬般沮喪。「不是說『人在做，天在看』的嗎？」

琛哥不禁輕嘆了一聲。他沒有答案，只好盡力去安慰她：「我已經跟老陳說了那劇本是你寫的，如果他有興趣可以直接找你。」

「這世上又不是只有陳老闆一個投資者。貫偉剛才說他要把我的《越空弑天》到處派，讓全世界都知道那是他的作品！」

「臭小子！」琛哥狠狠地拍打了軚盤一下。「如果他真的那樣做，你可以告他呀！」

「告他？我哪來錢！」

「到底他是怎樣拿到你的劇本？」

「我也不知道！我沒有讓他看過我的劇本，我只是把整個故事說過給他聽一次，只是一次！他沒有理由有那麼好的記憶力，可以寫得出分場！」若娟一面茫然。

單憑記憶當然不可能，但是如果有錄音筆幫忙，情況就會很不一樣。一切都是有預謀的。若娟和貫偉在茶餐廳見面的那個晚上，貫偉在背包裏拿出來的兩個橘子是他自己買的，並不是嬸姐送的。他把橘子拿出來的時候，就開啟了放在背包裏的錄音筆，再找了一個藉口把背包放在若娟旁邊。若娟所講的每一字、每一句，就這樣全錄了下來。

貫偉回到家後，馬上將若娟的錄音上載到他的電腦。他用了一個星期的時間抄下錄音和撰寫分場，鼠眼導演之後拿着貫偉給他的分場去找《誰是我》的老陳投資。老陳收到《越空弒夫》的分場時，覺得這故事頗有趣，於是相約琛哥當晚吃飯，想聽聽他的看法。若娟的惡夢也隨着琛哥的一個電話開始了！

第十五章
心繫

　　既然上天要她完蛋，那就順從天意，完蛋吧！

　　在之後的日子，若娟猶如寡婦死了兒子般，無比絕望。她有工作不接，有電話不接，一天到晚躺在床上；不刷牙，不洗面，倘若妍婷不在家，她就連飯都不吃。

　　若娟和琛哥亦在彼此的生命裏消失了。

　　在這一段日子裏，琛哥用盡辦法去聯絡若娟，但她不聽他的口訊，刪除他的短訊。她很清楚，只要她繼續與他聯繫，她早晚會踏上小三之路。若娟活在萬念俱灰之中好幾個月，直至有一天，妍婷告訴她一個消息，她才願意走出傷痛。

　　又過了兩個月。這個晚上，琛哥、阿輝和另外兩個助手在收工後一起吃晚飯。閒聊間，琛哥從阿輝口中得到一個消息，心裏立刻七上八下的，無法平靜下來。晚飯後，他打了個電話給妍婷，請妍婷幫他勸若娟與他見面，妍婷一口答應了琛哥的請求。

　　他們終於見面了。

　　晚上十時，琛哥和若娟在若娟所住大廈的平台花園裏相見。這平台花園蠻大的，一邊是兒童遊樂場，一邊是種滿花花草草的小庭園。他們坐在小庭園裏的長椅上。第一眼看見她，他心如刀割，不知不覺紅了眼。半年多沒見，原本那張活潑可愛的笑臉，現在掛滿滄桑，又瘦又憔悴。

「你瘦了。」話沒說完，琛哥的眼淚已徐徐落下。

「已經比之前胖了一點。」若娟莞爾一笑。

他擦掉眼淚，心有千言萬語，一時間又不知道該從何說起；她卻差點被他的兩行淚動搖，只好強迫自己牢牢記住今天見面的目的，是要和他一刀兩斷。

「琛哥，謝謝你呀！」若娟故作輕鬆說。

「謝謝我？為什麼要謝謝我？！」琛哥感到莫名其妙。

「謝謝你幫我處理了《越空弒夫》被偷的事。」

「你怎麼知道的？」琛哥有點愕然。

「是妍婷告訴我的。」

「妍婷？」琛哥更感驚訝。

「嗯！在兩個月前……」若娟說。

大約在兩個月前的一個晚上，妍婷在一個宣傳活動上遇到老陳。她主動與他寒暄，希望可以打聽到他怎樣處理《越空弒夫》的事。

「我早已出了律師信給史導演和貫偉，控告他們侵犯《越空弒夫》的版權。」老陳爽快地說。

原來在事發的第二天，琛哥去了找老陳，希望他能對鼠眼導演和貫偉採取法律行動。老陳拒絕了他，因沒必要介入這件事，琛哥便說：「如果你幫我這個忙，將來你真的開拍《越空弒夫》，我不收工資幫你拍。」

「你喜歡上那女孩子嗎？」老陳感到非常詫異，琛哥則笑而不答。

老陳把琛哥找他的事告訴妍婷，但沒有提及琛哥的承諾。

其實琛哥只是想老陳幫他去嚇唬一下那兩個無恥之徒。如果真的要打官司，要老陳花錢花時間，那是絕對不可能的事。鼠眼導演和貫偉在幾天後收到老陳的律師信，雖然只是嚇唬，但已足夠讓兩個無恥之徒擔心惹上官非。鼠眼導演在收到信後，嚇得馬上打電話給老陳，說《越空弒夫》的分場是貫偉給他的，他完全不知道它是偷回來的，總之把責任推得乾乾淨淨。貫偉在收到信後，嚇得馬上把電腦上的檔案及所有紙張上的副本全部銷毀，總之要毀滅證據，反正不是他拿着分場去找陳老闆。

幸好世上還有邪不能勝正！

琛哥聽完若娟的解釋後，不禁笑了出來：「我之前一直找你，就是要告訴你這事情，可是你一直躲我。」他的笑容消失了。

「為什麼不早把事情告訴妍婷，讓妍婷告知我？」倘若不是怕自己把持不住，她又怎麼會躲他？若娟心裏想着。

「因為希望你會找我，問我老陳那邊有什麼消息。」

若娟報以微笑：「如果早知道陳老闆出了律師信給他們，那我之前就不用活得那麼苦。」

其實若娟今晚願意和琛哥見面，完全是因為妍婷勸她去和琛哥說清楚，好讓他死心。

「妍婷說你有事找我，是什麼事？」

「你和貫偉分手了嗎？」儘管忐忑，琛哥還是擺出一副平靜的臉容。

「你覺得我和他還有可能繼續在一起嗎！」

琛哥無話可說！

「你是怎麼知道的？」若娟問道。

「是阿輝告訴我的。幾天前，他在開工的時候看見貫偉向那個助理美術指導獻殷勤，就警告他不要亂來，貫偉就說他已經和你分手了。」

若娟沒有任何反應，基本上她連貫偉這個名字也不想聽到。

「為什麼不告訴我你們分手的事？」

「有必要嗎？」若娟瞥了琛哥一眼，反問他說。

「難道你不知道……」琛哥吞吞吐吐，沒有勇氣再說下去。

「知道又怎樣，不知道又怎樣？琛哥你已經有老婆、有兒子，我們是沒有可能的！」若娟斬釘截鐵地說。

「我和我老婆的感情早已經破裂了！」

「如果是真的破裂了，為什麼不離婚？」

琛哥深深地嘆了一口氣，細說因由：「我老婆是在澳洲長大的香港人，她的家人都在澳洲。大概在五六年前，她說為了兩個兒子的將來，要帶他們回去澳洲讀書。我並不想去澳洲生活，我的英文很爛，而且我在澳洲應該找不到工作。」

「於是你就做太空人，香港、澳洲兩邊飛？」

「嗯。可能是太寂寞吧，我老婆回澳洲兩年左右，就結識了一個男朋友，後來還說要跟我離婚，因為她要跟那個男人一起生活。我當時心灰意冷，想着既然她已經做了對不起我的事，要離就離吧！」

「那為什麼現在還沒有離？」

「原來那個男人早已結婚了。他只是想跟我老婆上床而已，從來沒想過要離開他老婆，可是我老婆是真心愛他的。我老婆天天逼他離婚，說如果他不離婚，她就去找他老婆。他受不了我老婆的威逼，就索性跟我老婆分手，總之事情搞得一團糟。」

「你之後就決定跟你老婆重新開始？」

「不是！」琛哥斷然說。「我老婆在和他男朋友分手之後，大受打擊，病了一場。之後的確跟我說，希望我能夠原諒她，想和我重頭來過，不要離婚了。那時候，我實在很累，不想和她重頭來過，也不想再刺激她，什麼都不想管。不離就不離吧，反正我在香港，她在澳洲，我不用每天看見她，心理上已經跟她分開了。」

若娟一聲不吭，心裏並不太相信琛哥的話——每個想找小三的男人，總有一個不能離婚的理由。

若娟的沉默讓琛哥感到很不安，連忙道：「我說的話都是真的。」

若娟還是默然不語。琛哥見狀，就拿出手揸打了一個電話。他故意用免提通話，讓若娟聽到他與對方的對話。

「美華，是我，阿琛呀。」美華是琛哥的老婆。

「這麼晚了，找我有什麼事？」美華的語氣並不是很友善。

「我之前不是跟你說我喜歡上一個女孩子，想跟你離婚……」

琛哥的話還沒有說完，美華就喝道：「你這麼晚找我就是要說這些廢話嗎？我不是說了，我是不會離婚的！」只要不離婚，永遠還有機會重修舊好，美華一直這樣想着。

「難道他說的話是真的？」若娟心裏掙扎着。

「幾年前，你愛上了另一個人，要求我和你離婚，說希望我可以讓你去追求你的幸福。當時我很痛苦，但也答應了你的要求。現在我也希望你可以讓我去追求我的幸福，為什麼你不可以像我成全你那樣成全我？」琛哥說。

「為什麼還要提起那件事？其實你是想找個小三來向我報復，是不是？」

「不是！過去的事，我早就讓它過去了。我現在提起那件事，因為我是真心愛那女人，想和她一起生活，所以一定要和你離婚！」

若娟被琛哥的真心打動了。

美華受不了琛哥的決絕，情緒有點失控，忽然在電話裏大叫起來：「啊！我不要離婚！雷鐵琛，我跟你說，如果你再逼我，我就跟兩個兒子說你為了一隻狐狸精拋棄我們，再死給你看！」她掛線了。

掛線後，琛哥一臉無奈：「我真的沒騙你的。」

「你什麼時候跟你老婆說你要離婚的？」若娟好奇地問道。

「在嫦姐的生日派對的第二天。你搬了去和妍婷一起住不久，就開始躲我。我是為了見你才去那派對的，怎料到我見到你，跟你聊了沒一會兒，你看見貫偉來了就不再理我。我當時候很不開心，總之很不爽啦，就決定要和我老婆重提離婚的事，然後去追你。」

「追我？我當時還沒跟貫偉分手呀！」

「可是每個人都看得出貫偉對你不好！」

「全世界都看見的事情，就是我沒看出來，真笨吶！是吧？」若娟輕嘆一聲，感慨地說。

「當局者迷而已。」琛哥留意到若娟臉上的點點愁色。「你知不知道我為什麼會喜歡上你？」

若娟搖頭。

「幾年前，我因為我老婆的事，每天都過得很痛苦，只想躲起來喝酒，但偏偏每天都要開工。有一天，我坐在一邊抽煙的時候，你走到我面前，面帶笑容說：『琛哥，請你吃我發明的忘憂糖，吃了這糖果就會把不開心的事都忘掉。整天愁眉苦臉，很容易老的！』你把糖果交給我後就轉身走了。」

若娟卻有點驚訝：「我有跟你說過那些話嗎，我完全記不起來！不過，我的確發明了忘憂糖。雖然不是真的，我還是希望憂傷的人能嚐到一點點甜。」

「後來你也時不時請我吃糖果。我在不知不覺間開始注意你了，發現你個性爽朗，跟每個工作人員都很合得來，而且經常在現場跑來跑去，挺可愛的。」

「既然我對你那麼好，也沒有得罪你，為什麼你整天在現場罵我？」若娟氣忿地追問。

琛哥笑了：「因為在不知不覺間愛上了你，但又知道你有男朋友了，又知道自己大你十多年，又知道自己還沒有離婚，和你根本沒可能。可是每當看見你跟其他男工作人員聊天，我又感到很不爽，所以就罵你，讓你不敢聊下去。」

若娟隨即用拳頭狠狠地捶琛哥的肩膀一下，罵道：「你好過分呀！」

「哎喲，好痛呀！」琛哥按着被打的位置叫道。

「活該！」若娟嘴角含笑說。

「我雖然罵你，但是你沒察覺到我是不會讓別人在現場欺負你的嗎？只要有人對你不好，我都會幫你對付他。你沒察覺到嗎？」琛哥彷彿在為自己平反。

「沒有！因為只有你欺負我！」若娟的臉上流露着甜絲絲的笑意。

琛哥突然握住若娟的手，正經地說道：「我知道我沒資格愛你。因為知道，所以不敢去愛，但是越是不敢愛就越想愛。那天晚上在文化中心遇上你，我真的很開心。那天晚上的你，很漂亮，而我也再管不了什麼敢不敢、應不應該，只是想着怎樣可以跟你再見面。我知道我現在的狀況絕對不可以要求你接受我，但無論如何我也想你知道，我是真心愛你的。」

他的話應該是真的，但她該如何看待他的愛？若娟默然片刻後，開始在手提上搜尋，手提跟着播出他倆都熟悉的音樂。

「是《梁祝》！是我上次發給她的那首歌，她還留着呀！」琛哥想着。音樂是淒楚的，他卻是滿心歡喜的。

「無奈美好良緣情牽差一線……儘管沒法白頭，情長難以斷……」手提開始唱着。

他明白她的意思了，立時將她緊緊抱在懷裏，無比激動，雙眼通紅，哽咽道：「謝謝你相信我的話，謝謝你接受我的愛。」

若娟仍然默然不語，心情矛盾。因為深愛這個男人，她做了一個自私又不道德的決定——當小三了！

第十六章
心有靈犀

自從離家後，若娟和她的父母都是以通知的方式溝通。她通知她的父母，她和男朋友同居了；她的父母通知她，一家人要移民加拿大了。

若娟的朋友們都不支持她和琛哥的一段情。理由很簡單——為什麼若娟要把自己變成一個破壞人家家庭幸福的小三？應該是琛哥先離婚再追求她才對呀！頌慈和孜承更勸若娟離開琛哥。唯有妍婷，就算全世界都不支持若娟，她也會支持若娟。

琛哥和若娟在一起後，再沒有去過澳洲，他的兩個兒子會每年暑假回港探望父親和祖父母。琛哥也答應了若娟，等小兒子也上大學了，思想比較成熟，他就會單方面提出離婚，再跟若娟結婚。

若娟已經是第一副導演。她依然是她，依然會在拍戲現場和男工作人員聊得興高采烈，琛哥看見依然會不爽，會對若娟大發脾氣。

那天他們在一個商場裏拍戲，大家都在等燈光組和攝影組打燈的時候，琛哥無意中看見若娟和美術指導大衛在小聲說話，大聲歡笑。大衛是年青人，年紀跟若娟相若，好像還沒有女朋友。琛哥望着兩人聊得如此開心，自自然然發揮了他的無

限想像力。其實若娟和大衛正在談論製片阿豪想幫頌慈開生日派對的事。

「真的嗎？阿豪一點也不像會做這種事情的男朋友！」若娟驚叫道。

「拜託，你的聲音小一點好不好！阿豪是想給頌慈一個驚喜呀！」

若娟不期然地伸一伸舌頭，不好意思地笑了一笑，之後兩人就開始咬耳朵。原來後天是頌慈的生日，阿豪想給女朋友一個驚喜，幫她開一個生日派對。頌慈是一個很有個性的女孩子，有時候頗難捉摸。為了不想在眾目睽睽下出現任何難堪的場面，阿豪就叫死黨大衛告訴若娟他的大計，又叫大衛游說若娟，幫他去試探一下頌慈會有什麼反應。

若娟當然是欣然答應阿豪的請求。她和大衛繼續竊竊私語，滿面笑容，談的都是阿豪打算怎樣安排後天晚上的派對的事。看着他們滿面笑容，琛哥的想像力就更為豐富，覺得再讓她這樣聊下去，真是會一發不可收拾。他黑着臉，大喊道：「副導演在睡覺嗎！那邊有些道具進了鏡頭，怎麼沒有人收拾？」

所有的工作人員都知道若娟和琛哥的關係，對於琛哥這些借題發揮的呼呼喝喝都已見怪不怪。若娟也甚少為這些事情在現場與琛哥爭辯，她懂得要給琛哥面子，也懂得不要讓他倆的情緒影響大家的工作。

他大嚷發出來的訊息，她收到了。若娟跟着走到攝影組那裏，狠狠地瞪着坐在攝影機附近的琛哥，琛哥馬上避開若娟的視線，後來更連看也不敢看她一眼。

「阿輝，你幫我看一下鏡頭，到底是什麼道具沒放好？」若娟對站在攝影機旁邊的阿輝說。

阿輝看了又看，感到很為難，一時間說不出話來。

「到底是什麼道具沒放好？」若娟追問。

「你把放在時裝店門口的椅子搬走就可以了。」阿輝想了一想後說。

「哦。」若娟就走去搬走椅子，但滿腹疑惑，想着這鏡頭沒理由會看到那麼遠。

若娟沒猜錯，鏡頭裏沒有看見不應該看見的道具。說到底，是他不爽所以找個藉口要她停！

通宵戲拍完了。他們在回家的途上。琛哥開着車，若娟坐在他旁邊；一個眉頭皺，一個紅着臉。

「我喜歡跟誰說話就跟誰說話，用不着你管！我不是你的附屬品呀！」若娟斥罵道，氣得快要爆炸了！

「我不是這個意思。」琛哥低聲說，就好像做錯事被母親責備的小孩子那樣，怕得要死！

「不是這個意思！」她吆喝道，「廢話！你的行為就明明是這個意思！」

「對不起呀，我以後不會再在現場對你發脾氣，你就別生氣了好不好？」他希望認錯可以平息她的怒氣，可以讓他的耳根清靜一點。

怎料到她的反應是：「『對不起呀，我以後不會再在現場對你發脾氣！』這句話你講了幾千遍，你累不累呀！」

琛哥什麼都不敢再說了，靜靜地開車，靜靜地聽若娟怒吼，想着：「這個女人罵起人來還真兇呀！」

　　當他們快到家的時候，琛哥不知道突然想起什麼，掉頭了。

　　「你幹什麼呀？已經快到家了，你又要去哪裏？」若娟不耐煩地問着。

　　「你昨天早上不是說早餐想吃栗子蛋糕嗎？我們現在去買。」

　　「不吃！什麼都不想吃！工作了一個晚上，我現在很累，只想回家睡覺。」她並不領情，負氣地說。

　　「哦。」他乖乖地回答。

　　他們來到他們家樓下的停車場。若娟下了車，琛哥卻在車裏對若娟說：「你先回去吧，我很快會回來。」

　　「你又要去哪裏？我不是說了我不想吃了嗎？」

　　他沒有理她，開車走了。

　　琛哥回到家的時候，若娟已經睡在床上。這個家，一向以黑白為主——白色的牆身，黑色的沙發，白色的茶几，黑色的組合櫃，白色的餐桌，黑色的餐椅。若娟來了之後，牆上便多了不同的黑白照片，照片裏全是琛哥和若娟在拍戲現場時的趣怪一刻。除了照片，客廳裏還多了一個黑色花瓶，每天插着不同顏色的鮮花。

　　「若娟，我回來了。」琛哥走到若娟身旁，在她耳邊輕聲說。若娟卻沒有任何反應，他以為若娟睡着了，就把枕頭和毯子拿到客廳。他也沒有在睡房裏的洗手間洗澡，而是把所有需要用

的東西都搬到客廳的洗手間，然後步出睡房，再把房門關上。所有的動作都是輕輕的，慢慢的。其實若娟還沒睡，他沒回來，她焉能安睡？只是氣在心頭，不想理他，就閉上眼睛裝睡而已。不過在等他回來期間，她做了一個決定。

下午兩點左右，若娟醒了。她在廚房裏找東西吃。當她打開冰箱，看見冰箱裏的那盒蛋糕，笑了。睡在沙發上的琛哥，被廚房那些丁零噹啷的聲音吵醒了。

「若娟，你在廚房嗎？」他睡眼惺忪，叫道。

「嗯。」

「冰箱裏有蛋糕呀。」

「看見了。」

他的臉上掛着開心的笑容，想着：「肯跟我說話，應該沒事了！」

若娟拿着放着蛋糕的碟子走到飯廳，再坐了下來。她邊吃蛋糕邊說：「琛哥，我們以後不要再一起工作。」

原本還躺在沙發上伸懶腰的琛哥，聽見若娟這句話，整個人跳了起來。他匆匆走到飯廳，站在若娟的身旁，推一推她的肩膀，說：「起來。」

「幹什麼要我起來？」若娟依然坐在那兒。

「我叫你起來，你就起來呀！」

「你好煩呀！」不過她還是站了起來。

琛哥就坐了下來，拍一拍他的大腿，示意若娟坐下來。若娟跟着坐在他的大腿上，輕輕倚在他的懷裏。他抱着她的腰，

溫柔地說：「我們吵兩句是很平常的事，你用不着那麼認真，說什麼以後不要再一起工作！」

「我們再這樣吵架，遲早會分手的。」然後她將一雙手環着他的脖子，俏皮地說：「可是我不想和你分手呀！」

他什麼都沒說了，只是把她抱得緊緊的，在她那嫣紅的朱唇上深深一吻。兩個人就這樣協議了不再一起工作。

他們吵着、鬧着、笑着、愛着，一起走過了五個年頭。

在這五年裏，若娟的夢想還是一場夢。雖然琛哥很努力幫若娟找投資者，不過很多老闆都覺得穿越這題材已經拍得很爛，甚至有點過時，所以都不看好《越空弒夫》。對《越空弒夫》有興趣的老陳，偏偏投資失利，大部分資金都被股票和房地產綁着。

儘管屢戰屢敗，她還是屢敗屢戰！

她的夢想是個夢，她的一些好朋友卻已經夢想成真。孜承已成為導演了。他從紐約回來後不久，和他的好朋友杰仔一起創作了一個半紀錄片式、半劇情片式的警匪片劇本。他們以低成本製作，拍成了電影。雖然電影的票房不是十分理想，但口碑就相當好。孜承和杰仔憑着他們的創意和努力，在電影圈奠定了新晉導演的地位。

孜承成為導演的處女作，也是阿輝成為攝影師、頌慈成為服裝造型設計師的處女作。他倆都是在尋找、等待一個一展所長的機會，終於等到孜承給他倆這個機會，酬勞多少是其次。至於利慾薰心的貫偉，沒當成電影製片，不想再白等下去，就

去了廣告公司當製作人。那個毫無藝術細胞的鼠眼導演，就幾乎絕跡於電影圈。

作為演員，妍婷的運氣算是很不錯。在短短的五年間，她已經躍升為國際巨星。除了紅遍亞洲，她在荷李活也頗有名氣。貴為巨星，妍婷和若娟仍然是情同姊妹的好朋友。若娟搬走的一刻，妍婷還抱着若娟哭了起來。之後，妍婷有一段日子蠻失落的。名與利帶給妍婷的喜悅，遠遠不及家人帶給她的歡樂大。她的弟弟已經學有所成，是會計師了，妹妹也像從前那樣尊重她。她是萬事如意，可是人生又怎麼可能會如此美滿！

五年前，慕婷聽了外展社工允愉的一席話，開竅了，重新接受妍婷和重返校園，後來她還去了英國修讀造型設計。允愉在慕婷的改造下，變得時髦了，整個人漂亮了很多。對這個亦師亦友的社工，慕婷心裏有說不出來的感激和敬重，也希望自己能夠像允愉那樣為邊緣青年出一分力，便請求允愉在她放暑假回香港的日子，讓她參與外展工作。

這天晚上，允愉和品超帶慕婷去接觸一班在一個屋邨的籃球場上跳街舞的青少年。慕婷在這班青少年眼裏看見當年的自己，對社工很抗拒，很快就請他們三個離開。晚上十二點左右，籃球場外，允愉對慕婷說：「今天晚上只好到此為止。你要怎樣回家，我們送你去坐車吧。」

「我姐姐會開車來這裏接我，五分鐘左右就到。你們走吧，我在這裏等就可以了。」

「這麼晚了，我們陪你一起等比較安全呀。」品超說。

慕婷始終沒有告訴允愉她的姐姐是誰，所以不想他們陪她等。她堅持不用，他們就離去了。允愉和品超轉身走了還沒有十步，後面突然傳來驚恐的叫喊聲：「曾姑娘，救命呀！」

　　他們立刻回頭看，看見兩個彪形大漢捉着慕婷，硬要把她拉上停在路邊的小貨車，其中一個大漢用手摀着慕婷的嘴巴，慕婷就拚命地掙脫！

　　允愉和品超第一時間追上去。

　　「你們幹什麼呀？」品超邊跑邊叫道。他跑得比較快，很快就跑到鬍子大漢的身邊，抓着他的肩膀，再和他打起來。

　　「粗眉，你帶那丫頭先走。」鬍子男邊打邊喊着。

　　「哦。」粗眉應了一聲。他用手臂勒住慕婷脖子走，焦急但無法加快腳步。

　　在品超後面跑着的允愉，一直在大叫「救命呀！」、「救命呀！」

　　有兩個警察恰巧在遠方巡邏，他們聽見有人在大喊救命，立刻朝着聲音傳來的方向跑過去。

　　籃球場上那班跳街舞的年青人也聽見救命聲，也從籃球場跑出來，看看是什麼一回事。

　　允愉已經跑到粗眉的身邊，她緊緊的抱着粗眉，不讓他走。

　　粗眉不斷用手肘、胳膊撞擊允愉。

　　不管有多痛，允愉沒有放手。她用盡全力抱着粗眉，面無懼色，喝道：「你別想逃呀，趕快放開慕婷。」

　　粗眉只剩下一隻手勒住慕婷脖子，力氣沒之前那麼大。

拚命掙脫的慕婷找到了機會，狠狠咬了粗眉的手一口。

粗眉的本能反應——大叫、鬆手。慕婷跑掉了！

允愉大嚷：「慕婷，快跑，快跑！」她死抱着粗眉，不讓他追上去。

「你這臭婆娘竟敢壞我人事，真的不知死活！」粗眉怒吼。他用雙手抓着允愉，將她摔在地上，再瘋狂地用拳頭打她的腹部，使勁地用腳踹她的肚子，以洩心頭之忿。

小貨車裏的司機看見慕婷跑掉了，下車要去追慕婷。怎料到一下車就看見兩個警察朝着他們跑過來，嚇得緊張地大喊：「你們兩個別再打了，警察來了，快逃！」

鬍子男聽見警察來了，想逃，但被品超纏着逃不了。

允愉倒在地上，被打得連呼救命的力氣都沒有，但粗眉仍怒火中燒。警察來了，他只好來個最後一擊——跳起，再用胳膊肘捅允愉的肚子！這一捅，鮮血馬上從允愉的嘴巴噴出來，她昏迷了！

兩個跑過來的警察，在不遠處看見有人在打架，連忙通知總部派人來增援。

慕婷朝着籃球場逃跑，邊跑邊回頭，目睹允愉被毒打，唯有大喊：「救命呀！救命呀！」希望籃球場上的年青人聽見她的叫喊聲會出來幫忙。

他們遇上了。

慕婷淚流滿面，慌張地對年青人說：「請你們幫幫忙，救救曾姑娘！」

年青人同樣目睹允愉被毒打，其中一個馬上報警，其他人就去阻止粗眉逃跑。

小貨車司機眼見勢色不對，鬍子男和粗眉應該逃不了，然而他要逃呀，於是開車走了！最後，在一班年青人的協助下，兩個歹徒都被警察捉了。妍婷也來到了。

半夜三點多，妍婷在若娟家裏痛哭。

其實若娟整晚不知道為什麼總是心緒不寧，在床上輾轉反側，好不容易才入睡。誰知道她剛進入夢鄉，手提響了，電話裏的悲哭聲讓她整個人醒了。

妍婷來到若娟家後，向若娟訴說慕婷這天晚上被綁架的事。她說警察從兩個歹徒的口中獲悉，今次這件事的其中一個幕後主腦是淑珍。

「是你媽媽做的？」若娟驚訝地大叫道，坐在若娟身旁的琛哥就在搖頭。

妍婷只是哭着點頭。

「到底是怎麼一回事？」若娟追問着。

第十七章
救人一命

妍婷說了……

妍婷的母親是一個長相甜美、天性自私、死要面子的女子，和妍婷的父親文謙是中學同學。那時候，淑珍是校花，文謙則是一個其貌不揚、學業成績平平的學生。儘管當時淑珍追求者眾，她還是選擇了文謙，因為只有他願意對她千依百順。中學畢業後，兩個人都考不上大學。淑珍去了一間美資公司當文員，文謙就在一個私人屋苑當管理員。淑珍的美貌自然引來不少男同事拜倒她的裙下，可惜她那誓要將別人榨乾榨盡的天性，把一隻隻的狂蜂浪蝶都嚇走了。唯有文謙，仍然對她千依百順。

他們結婚了。男的覺得自己是幾生修來的福氣，才娶到這如花似玉的嬌妻，從今以後定要竭盡所能去愛護她、照顧她；女的卻本性難移，事事以自己為中心，從來沒有真正關心過他的日子過得如何，每個月更用不同藉口去避免將自己的薪金，花在他們的共同生活上。

「沒關係，老公養老婆是應該的。」每次聽到她的藉口，他總是欣然說道。

孩子出生了，她無奈地告別職場，告別那賺錢買花戴的日子，待在家裏照顧兒女。隨之而來的是她的埋怨——怨他窮，

怨他沒出息，怨他沒有多餘錢可讓她隨心所欲去花費。他可以做的就是更加努力地工作，由每天工作八小時延長到工作十二小時，由日更管理員轉做夜更管理員，因為夜更管理員的薪金高一點。

他的努力並沒有白費，經過一段時間後，他被晉升為夜更管理員的主任。奈何他對家庭的付出得不到妻子的欣賞，慶幸還有兒女的愛和尊重。他是晚上才上班的，白天只要精神許可、時間許可，他都會陪着他的兒女；陪他們上學，陪他們放學，陪他們去玩、去公園、去超市。總之只要兒女需要他，他就會在他們左右。在兒女的眼中，他是世界上最好的爸爸。

人生無常，永遠沒有人知道自己會在哪一刻、哪一秒被死神召喚。

他病了。當他發現自己患上癌症，已是末期。這天，妍婷在放學後去醫院探望父親。她坐在病床旁邊的椅子上，看着坐在床上枯槁憔悴、一臉病容的父親，沒說話眼淚已經想掉下來。

「要忍住，不能讓爸爸看見我傷心的樣子，不能讓爸爸擔心。」她的腦海裏不斷這樣叮囑自己。

兩父女閒聊兩句後，文謙說：「媽媽年青的時候很漂亮，每天都打扮得花枝招展去上班。後來你們出世了，她為了照顧你們放棄工作，所以才會有那麼多牢騷。都怪我不好，沒本事讓她過好日子。」

妍婷默默聽着父親說話。對於母親，她總是覺得這個女人貪得無厭。

「還有世強和慕婷，他們兩個年紀還很小，什麼都不懂。以後你要代替爸爸好好照顧媽媽、世強和慕婷呀。」

「哦。」妍婷點頭說。她的一聲「哦」，讓父親放下心頭大石，也讓父親滿懷歉疚。

「爸爸對不起你了！」文謙雙眼通紅，握着妍婷的手，哽咽道。

「爸爸，你不要死，你不要死，我不要你死呀！」原本很努力去忍住淚水的妍婷，再無力抑制心中悲痛。她撲進父親懷裏，緊緊抱着他，放聲大哭。

文謙無言以對，撫拂着女兒的背脊，淚如雨下！

他去世了。

文謙離世後，妍婷一家人倚靠着綜援生活，妍婷也提早踏入職場。她當時就讀中三，為了幫補家計，放學後便到便利店工作。學業成績一向不突出，加上每天要工作三四個小時，妍婷的功課自然是一落千丈。她倒沒什麼所謂，反正她早已打算一畢業就投身社會。這個少女繼承了父親的善良，時時刻刻惦記着自己向父親許下的承諾，分分秒秒思考着怎樣可以賺多一點金錢，讓家人有一個美好將來。

中學畢業後，妍婷做過不同的工作，後來轉轉折折去了酒吧當啤酒女郎。這個少女也繼承了母親的美貌，只要她輕拋媚眼、稍弄嬌姿，再加一個男人看了連自己姓什麼都會忘掉的迷人笑容，她每晚賣出的啤酒數目相當可觀，她的收入當然也是相對可觀。後來她飛上了枝頭變了鳳凰，一家人的生活好了很

多、很多。妍婷還記得父親說過，母親是為了照顧他們才放棄工作的那句話，她就任由母親揮霍，算是對母親的一點補償。

怎料到她的孝心會引來一個小白臉！

國立搭上富婆的事，傳遍了他的朋友圈。有一天，他的一個舊朋友阿煒找他見面。阿煒和在大陸設廠的朋友阿波想生產大陸版的智能手錶，希望國立投資。國立的興趣並不大，阿偉只好不斷游說。

「你知道嗎，美國有 iPhone，我們祖國有小米，而且都是秒殺的。如果你肯投資在我們的智能手錶上，將來你很可能成為另一個雷軍，甚至可能是下一個馬化騰或者馬雲，叱咤商界呀！」

「成功了你就可以有自己的世界，有自己的女人。」眼看國立依然不為所動，阿煒再道。

「有錢就不用再靠那老女人！如果賺了更可以自己開拍電影做主角。」國立想着。

「要多少錢？」他問。

「五百萬！」

五百萬！他想了好幾天終向她開口了。淑珍知道自己沒可能從妍婷那裏拿到五百萬，一口拒絕了國立。國立於是要求淑珍替他做擔保，讓他可以向財務公司借錢。要她做擔保，那豈不是要她為那五百萬負責？她才沒有那麼笨，當然不會答應他的要求。國立這次沒有就這樣算了。他要有自己的世界，就一定要拿到那五百萬。

他對淑珍不瞅不睬、搬離太古城、提出分手，總之用盡手段要淑珍屈服。淑珍最終投降了，假冒妍婷的簽名，替國立做擔保。

當妍婷收到財務公司的信件，發埌自己為那個小白臉擔保了一項五百萬的借貸，登時震怒非常，與母親大吵了一頓！但在毫無選擇下，她唯有背負起這筆債務；是母親假冒她的簽名，難道去報警嗎？

阿煒和阿波收到五百萬時，真是眉開眼笑，沒想到這麼大筆的款項，這麼快到手。錢來得這麼容易，他們便以為自己找到一條大水喉，以後必是財源滾滾來。兩人為了開發智能手錶的生意，早向財務公司借了八百萬。他們就從五百萬裏抽起兩百萬去還債，只剩下三百萬投入開發，因此資金根本不足夠。

大約半年後，阿煒再向國立要五百萬，國立開始懷疑錢去了他們的口袋裏。國立對阿煒大發雷霆，但他還是去了找淑珍；淑珍對國立大發雷霆，但她還是繼續假冒簽名。說到底，錢不是他們辛苦賺回來的，只是捱罵幾句就拿到，何必介懷！國立拿到錢後，將兩百萬存入自己的銀行戶口；阿煒和阿波拿到錢後，將兩百萬拿去還債。真正投入開發的只有一百萬。背後有條大水喉，錢用完了再去伸手吧！

妍婷坐在沙發上，手裏拿着財務公司的信，又是五百萬欠款。憤怒、傷心，她淚眼婆娑。母親不停地搖，小白臉不停地搖，這些年來這棵搖錢樹已被搖走了一千萬！搖錢樹實在無法

再承受下去，很怕自己有一天會被搖到葉落根枯，於是硬起心腸，做了一個決定。

　　她擦掉眼淚，打了個電話給她的律師。之後，財務公司收到律師樓的信件，通知他們妍婷的簽名是被假冒的，她不會為那五百萬貸款負責，而且還會去報警。淑珍得悉女兒那麼絕情，大罵女兒不孝。妍婷也懶得跟母親爭辯，只是說只要母親自己還清債務，她便不會追究假冒簽名的事。

　　他們被抓了。財務公司在收到律師樓的信件後，立即致電國立，要求他在兩星期內歸還五百萬，否則便找收數公司幫他們追回金錢。掛線前，財務公司還警告國立別想着逃走，要不然他們會去找他的父母算帳。掛線後，國立擔心的是如何保住他口袋裏的兩百萬。第二天，他去找阿煒，要求取回投資的金錢，但阿煒說：「所有錢都已投放在開發和研究上，公司現在哪有這麼多現金？」國立只好叫淑珍再去求妍婷，妍婷差一點就心軟了。

　　兩星期一眨眼就在眼前。國立和淑珍被收數公司的雄哥「請」了去收數公司「商談」，兩人被雄哥和他的幾個「同事」圍住，極為驚恐。

　　「現在所有錢全部都投資在生意上了。請你們再給我時間，等生意賺到錢，一定會連本帶利全數歸還。」國立苦苦哀求說。

　　「廢話！」雄哥怒吼。「如果你生意失敗，那是不是就不用還錢呀！」

「不是！我不是這個意思！」國立嚇得馬上說。

「老弟，你別以為你沒錢還，我們就拿你沒辦法！你知道嗎，現在這個年代，男人亦可以肉償的！」然後雄哥走到國立後面，掐一掐他的屁股，猥瑣地笑了一笑。「你長得這麼帥，一定有很多基佬對你有興趣！」[2]

他再走到淑珍面前，用手托着淑珍的下巴，把它左轉右搖的看了兩眼，再將她由頭到腳的掃視了一下。「雖然你的女朋友是老了些，但身材還算可以，反正不同的人有不同的口味！」雄哥哈哈笑着。

他哈哈大笑，他倆的手心、背脊卻不停地冒冷汗！

「我再給你們一個星期時間，如果到時候還是沒錢還，五百萬加利息，你們兩個這輩子等着幫我老闆接客吧！」雄哥最後兇神惡煞地撂下狠話。

國立和淑珍回到家裏，苦惱萬分，怎樣在一個星期籌到五百萬，真是　個大難題！

「怎麼辦？怎麼辦？」淑珍如熱鍋上的螞蟻，在屋裏踱來踱去。

國立沒什麼反應的坐在那兒，腦袋不斷地轉，忽然想到什麼似的。

「你不是說妍婷最緊張她妹妹嗎？」

「是呀。怎麼了？」

2　　基佬：廣東話俚語，「基」為「Gay」之諧音，意指男同性戀者。

「我們找人去綁架你的小女兒，然後跟她要贖金，到時候她想不給錢也不行！」

「綁架慕婷！怎麼可以這麼做！如果她有什麼事那怎麼辦？」淑珍驚叫道。

「不會有事的，我們是求財，又不是要傷人。」國立安撫她說。

「總之不可以！這樣做會傷害到慕婷，你想別的方法吧。」

「難道你要看着我去接客嗎？」國立隨即抱着淑珍，在她耳邊輕聲說。

說到底，她是真心愛這個男人，而且她也害怕自己會被迫錢債肉償，開始顧不得女兒的安全。

「如果綁架的話，我們就跟妍婷要二千萬，五百萬還給財務公司，其餘的留給我們自己用。」國立說。

母女情始終比不上金錢誘惑：「如果真的要綁就要小心點，千萬別傷害到慕婷。」

「當然不會傷害慕婷，不是跟你說了嗎？我們只是求財而已。」得償所願，國立笑了。

「那你打算怎樣綁架慕婷？她見過你呀！」

「我打算去找雄哥商量，他們這種人只要對他們有好處的事他們都會做，我相信他會答應跟我們合作，大不了給他們一兩百萬作為酬勞。」

第二天，國立去找雄哥，雄哥答應接下這單買賣，不過那一千五百萬要六、四分帳！

　　事情失敗後，淑珍、國立和雄哥都被警方逮捕了，後來淑珍被判有罪，也只有世強願意去監獄探她。至於阿煒和阿波再找不到新的投資者，鴻圖大計以生意失敗告終。

　　妍婷、若娟和琛哥坐在沙發上。妍婷哭着、說着，若娟就想着妍婷的媽媽很恐怖。她安慰妍婷說：「別哭了，現在慕婷沒事，總算是不幸中之大幸！」

　　「可是那個救慕婷的社工曾姑娘，現在在深切治療病房。」

　　「有生命危險嗎？」

　　「醫生說她的肝臟被打到爆裂，必須在四十八小時內接受換肝手術才可以活下來。」

　　「那找到肝臟幫她換肝沒有？」

　　妍婷搖頭：「我、慕婷和世強都想捐出肝臟，但我們的血型跟她的血型不一樣，所以不是合適的捐贈者。」

　　「是嗎？別擔心，她是好人，上天一定會保佑她的。」

　　「若娟，你知道嗎，曾姑娘是我和我媽媽害的。」

　　「怎麼會關你的事？」若娟感到奇怪。

　　「如果我肯繼續幫我媽媽還那五百萬，如果我媽媽不是喪盡天良，慕婷就不會被綁架，曾姑娘就不會因為救她被打成這樣。我剛才在醫院裏看見她的丈夫，從他口裏知道他們的一雙兒女年紀還很小。如果她有什麼事，我這一輩子怎麼對得起她一家人！」妍婷又開始淚水漣漣。

「別那麼傻亂想一通，根本不關你的事。」

「其實……」妍婷有點吞吞吐吐，「我這麼晚來找你，是有件事情求你的。」

一直坐在若娟旁邊默然不語的琛哥頓時感到惴惴不安。

「求我！怎麼說得那麼嚴重？」若娟微笑着說。「什麼事？」

妍婷鼓起勇氣。

「若娟，救人一命勝造七級浮屠，你可不可以考慮捐肝給曾姑娘，救她一命？」

第十八章
救與被救的

事情這麼突然，若娟確實有點不知所措。

她定一定神後，就爽快地說：「明天我會去醫院檢查，如果我的肝是合適的，我會捐，你不要再胡思亂想了，知道嗎？」

妍婷走了之後，琛哥一臉怒色，責備若娟輕率，還說：「你知不知道活人捐器官是有風險的！」

若娟卻一面愧疚：「我欠她的實在太多了！」

當年，若娟為了《越空弒夫》被偷一事生不如死。妍婷為防她做傻事，不敢離開香港，推了兩部前往內地拍攝的電影。有一次，妍婷在工作的時候聯絡不上若娟，心一急，竟然什麼都不管，馬上離開了拍攝現場，跑了回家。回到家後，她直闖若娟的房間。房間裏的窗簾全被拉上，正午時分卻猶如夜半時分般漆黑。妍婷看到若娟睡在床上動也不動，便推一推她。

「人家在睡覺呀，別煩着我！」若娟的身體微微蠕動，發牢騷說。

聽到若娟的聲音，妍婷那張原本嚇得花容失色的嬌顏露出一絲淺笑，放心了。她稍作思量後說：「娟娟，我的手錶不見了，你可不可以每小時打電話給我，讓我知道幾點鐘？」

「我要睡覺，你別煩我好不好？」若娟明白妍婷的心意，眼睛濕了，嘴巴倒很硬。

若娟萎靡不振，妍婷既心痛又無力。她哽咽道：「娟娟，你要起來呀！」

那哽咽聲讓若娟隨即把毯子蓋着頭，一聲不吭，面頰全是淚，涔涔而下。

「我要走了。你記得要打電話給我，要不然我又會跑回來找手錶！」妍婷說罷，無奈地離家。

那天，若娟做了妍婷要她做的，妍婷卻因這麼一跑承受了不少壓力！

第二天，所有娛樂版的報導都指責妍婷耍大牌，因與戲中其他女星不和，在拍戲中途發脾氣走了。妍婷沒有為事件作任何解釋，只是一直鞠躬道歉。若娟看到這些報導，心裏滿是歉疚和感激，之後每天都有打電話給妍婷向她報時。

琛哥聽完若娟的一番解釋後，仍然一面不悅之色。

「如果你有什麼事，我怎麼辦？」

若娟的嘴角泛起一抹微笑，輕鬆地說：「現在的醫學這麼昌明，怎會那麼容易有事。」

琛哥不想和若娟爭辯，就叫她明天先讓他去檢查；如果他的肝不合適，她才去吧。他的決定把憂慮轉到她身上，但她不敢有任何異議。那天晚上，琛哥睡在床上輾轉反側，後來去了書房寫信。

第二天，妍婷開了一個記者招待會。她將昨天晚上妹妹被綁架的事公諸於世，還一臉激動地呼籲市民捐贈屍肝或活肝，拯救那位捨己為人的社工。妍婷也在記者會上宣佈和母親斷絕母女關係，母親的事從此與她無干。

琛哥和若娟都在醫院裏。檢查結果顯示，琛哥不是合適的捐贈者。若娟和允愉血型相同，都是 O 型，而且肝功能正常。當日凌晨進行了換肝手術。

十天後，若娟在出院之前去了探望允愉，這是她們第一次見面。當時，允愉的丈夫大佑、他們八歲的女兒安雅和五歲的兒子盛智都在病房裏。

「謝謝你救了我，救了我丈夫、兒女和父母。」允愉感激流涕說。

「沒事！我只是想來看看你，你現在身體還好嗎？」

「很好。醫生說再觀察一段時間，如果身體沒有出現排斥的症狀，就可以出院了。」

「那就好了。」

她們聊了一會兒後，若娟準備離去的時候，允愉又說：「傅小姐，我真的很感謝你救了我一命，不知道我們將來可不可以再見面？我沒有兄弟姐妹，不知道我以後可不可以叫你做姐姐？」

不知為何，若娟心裏竟莫名其妙的激動起來，眼泛淚光說：「可以呀，我也沒有妹妹。等你出院了，身體好了，我們姐妹倆要多見面呀！」

允愉很開心，馬上跟兩個小孩說：「快叫姨媽。」

「姨媽！」安雅和盛智大聲地叫着。

從今以後，妹妹變了姐姐，姐姐變了妹妹！

慕婷回英國去了。這個暑假真是驚心動魄！她一直沒向允愉透露的事情，也全講出來了。那天，她和妍婷去醫院探望允愉。

當允愉看見妍婷的出現，雖覺得突然，但沒有驚訝。天佑早告訴了她，她救的那個女孩子的姐姐，就是國際巨星呂妍婷，而她的救命恩人也是呂妍婷找回來的。慕婷除了向允愉道謝外，也為隱瞞她姐姐的身分的事向允愉道歉。允愉倒很諒解慕婷的苦衷，為了保護姐姐，自然事事小心。她也終於明白慕婷當年為何會走向邊緣。

允愉出院後不久，救人的、被救的，在北京道一號的一家意大利餐廳裏再次見面。這餐廳的裝修金碧輝煌，但還是遠遠不及窗外的璀璨夜色吸引。她們坐在一排落地玻璃前的一張餐桌，邊欣賞五光十色的維多利亞海港，邊談天說地。第一次跟大明星吃飯，允愉很緊張，說起話來，舌頭像打了結一樣。若娟留意到允愉很不自然，真的像姐姐一樣的照顧她，讓她慢慢放鬆下來。

她們輕鬆地聊着，妍婷還感謝允愉幫慕婷打開了心結，讓慕婷不再恨她。

「其實慕婷心裏覺得你好偉大，願意為她和哥哥付出那麼多。」允愉說。

「她哪有那麼偉大，只是因為一個承諾而已！」若娟嗆妍婷說。

「如果是你，有承諾也不會遵守呀！」妍婷回敬說。

「說的也是！我絕對不願意照顧鴻泰。」若娟和弟弟的關係從來都不親密。

「承諾？什麼承諾？」允愉好奇地問。

妍婷開始細說她的故事，說到父親那句「爸爸對不起你了」，一雙眼睛都紅了。

　　為免妍婷再提起傷心事，若娟就岔開話題：「允愉，你為什麼會當社工？」

　　「因為我想回饋社會。」允愉頓了一下，好像在考慮什麼似的。「其實我是孤兒。」

　　「孤兒？」若娟差點叫了出來。「你在醫院的時候，不是說你的父母也很感激我嗎？怎麼你現在說你是孤兒？」

　　「他們是我的養父母。在我兩歲的時候，他們在孤兒院領養了我。到我十八歲的時候，我養父母認為我已是成年人，應該知道自己的身世，就把領養的事情告訴我。所以，妍婷呀，儘管你的爸爸已經去世了，起碼你知道他疼你。我聽孤兒院的人說，我是被遺棄的，我的親生父母根本不要我，你比我幸福得多了。」

　　「謝謝你呀！」

　　「可是你是孤兒跟你當社工有什麼關係？」若娟問。

　　「我是因為一對好心的夫婦才可以擺脫不幸，所以我希望自己可以像養父母那樣，幫一些沒那麼幸運的人擺脫不幸。社工的服務對象是社會上的弱勢社群，我就決定做社工。」

　　「原來是這樣。」若娟說。

　　「其實我也曾經猶豫過，想過讀法律，因為當律師可以賺多點錢，最後還是覺得理想比麵包更重要。」

　　若娟舉起杯子說：「那我祝你心願達成，可以幫到越來越多的人。」

　　「謝謝你呀！」允愉面帶笑容的拿起杯子和若娟碰杯，喝一

口酒後，好奇地說：「姐，你為什麼會讀電影？」

妍婷忍不住笑了出來，搶着說：「她呀，是因為怕考試，所以才去讀電影！」

「怕考試！」允愉覺得很奇怪，想着應付考試是一件很容易的事呀！

若娟苦笑說：「我這一輩子都沒什麼運氣，讀書也好，工作也好，總要比人家付出多幾倍的努力，才會有好一點的成果。我有些同學很走運，她們是讀什麼考什麼，而我是讀什麼不考什麼。唯有通通都讀，這樣才可以萬無一失，總之好辛苦！」

應付考試對允愉來說卻是一件很輕鬆的事。她就是那種讀什麼考什麼的人，不用太認真溫習，考試成績都會很好，只是此刻不好意思說出來。

「我考上大學後選擇讀傳理系，除了因為我喜歡電影，還因為電影是藝術，講的是創作意念，我再不用為了應付考試而死讀書，多好呀！」可是電影也講運氣呀！

「她喜歡，但她的父母並不喜歡，一點都不支持她。」

「為什麼不喜歡？」允愉問。

「因為賺不到錢呀！」若娟說。

「她讀大學的時候，是一邊替她爸爸打工賺錢交學費，一邊讀書的。」

「好堅持呀！」允愉對若娟這個姐姐又多了幾分敬意。

「我沒有運氣，沒有家人的支持，剩下的就只有那份追求夢想的堅持，不堅持還能怎樣！」若娟的語氣難免流露出絲絲無奈。

「對呀，為了夢想！我的夢想是成為最佳女主角，我們一起努力呀！」妍婷舉起杯子說。

三個人再碰杯。

「為了夢想！」她們激昂地說。

兩姐妹，有緣相識，無緣相認；幸好還有友誼，把她們連在一起。

讀電影賺不到錢，讀音樂也未必賺到錢，珮雲和啟明卻很支持兒子讀他喜歡的音樂；原因很簡單，一個是領養的，一個是親生的。若娟對自己的身世一無所知，一直以為是自己做得不夠好，經常令父母失望，所以父母才會對她比較嚴厲。其實啟明並不是領養若娟的那個養父。若娟在半歲左右被領養，她的養父母帶她離開孤兒院那天遇上交通意外，當初那位養父就在車禍中死了。從那天起，珮雲就很討厭若娟，覺得她是不祥物，想把她送回去孤兒院，只是於心不忍。

年青的珮雲是一個理財顧問，擁有金融投資的專門知識。丈夫去世後，珮雲一蹶不振，之後再沒有上班，只留在家裏以投資股票維生。當時的若娟，好像知道自己很可能會再被遺棄，很乖，也很少鬧彆扭；除了肚子餓之外，也不怎麼哭，反而是經常笑。小寶寶逗人喜愛的笑容，的確讓活在悲痛中的珮雲得到一些慰藉，開始沒那麼恨若娟。她全心全意去照顧小寶寶，有了精神寄託，日子也過得沒那麼苦。後來珮雲決定把她和丈夫的屋子賣掉，重新上路。在賣屋子期間，她認識了當時是地產經紀的啟明。結果屋子沒有賣成，珮雲和啟明在屋子裏建立了新的家庭，一家四口還在那裏一直住下去。

她的命是注定被困於厄運裏，所以事事不順利，所以情路坎坷；要麼遇上不是真心愛她的人，要麼遇上深愛着她的人卻又不能有名有分地在一起。

她的姐姐是福星，曾經這樣說過：「其實我只是比你早兩分鐘出世，不過就是這兩分鐘，我願意盡全力去照顧你。」

她姐姐的盡全力，可能幫她走出厄運，可能於事無補，可能⋯⋯

第十九章
命運要她低頭

這天晚上，若娟收工後回到家，開了電視，坐在沙發上發呆，嘴裏時不時咕嚕着：「我也很努力呀，為什麼就不可以給我一個機會？」

說着，說着，珠淚一顆顆的墜下。

電視上正在播放一個歌唱比賽，參賽者唱着「我是一隻小小小小鳥，想要飛，卻怎麼樣也飛不高……」她好像聽見自己的心聲，稀里嘩啦地哭着，歇斯底里地叫着：「為什麼我不可以，為什麼就是我不可以！」邊哭邊捶沙發洩忿。

今天下午，若娟開工的時候，在拍戲現場聽到一個消息，孜承要開拍第二部電影了。他這部電影得到一家有規模的電影公司投資，再不是什麼低成本製作。孜承會起用原來的團隊夫拍攝他的第二部電影，換句話說，阿輝和頌慈會是新片子的攝影師和服裝造型設計師。若娟當然替她的朋友們高興，但也不禁感到心酸難過。她的朋友都向前走了，逐步實現他們心裏的夢想，而她還在原地踏步，還在盼望、渴望。

這些年來，為了那個不可能實現的夢，她已經忘了自己這樣稀里嘩啦的哭了多少遍。若娟還記得五年前老陳在她面前大讚《越空弒夫》，她是多麼的高興，以為今次可以夢想成真了，怎料到最後都是空歡喜一場！當時她仍然對自己和《越空

弒夫》充滿信心，後來她見了一個又一個導演，每次見面之前她都滿懷希望，但每次的回覆都讓她淚流滿面。他們都認為《越空弒夫》不夠好、不夠特別，她只好將它修改再修改，可惜無論她怎樣努力，結果都是一樣——被拒絕！她總是說：「為什麼我這麼失敗？」琛哥永遠會用非常肯定的語氣回答她：「時候未到而已！」

今天晚上她特別難受，因為孤單一個。琛哥去了上海工作，妍婷去了康城參加影展，一大堆苦水如果向圈內的朋友傾吐，又怕人家以為她妒忌。若娟覺得自己很慘，想找個人訴苦都沒有。突然間，她想起一個人，就打電話給她。

允愉正準備上床的時候，電話響了；心酸、難過從電話的另一邊傳來，她很不安心。掛線後，天佑說：「你要不要現在去看看她？如果你想的話，我可以開車送你去。」

老公如此體貼，允愉感到極窩心，嫣然一笑：「剛才講電話的時候就想去看姐姐了，又怕你不喜歡，所以不敢說出來。」

那天晚上，允愉留在若娟家裏陪着若娟。若娟的情緒仍然低落，但至少不再孤寂。兩姐妹躺在床上聊天，東拉西扯。

「姐姐，你寫的劇本是關於什麼的？」允愉好奇地問。

「是關於一個有穿越時空超能力的女人。電影的開始是一個七八歲的女孩子在教員室裏，笑咪咪地閱讀一份考試卷，然後消失了。」

若娟開始滔滔不絕地講她的創作……

許虹自小就認為，既然自己有超能力，為何要努力？小時候，在考試前，她一定會從時空裏先看了考試卷的內容才溫習，

而她的人生目標就是不勞而獲。恃着自己的超能力，許虹從小就不把父母放在眼裏。她的父母沒辦法管教她之餘，還要經常擔心她不知道去了哪個時空，會不會發生什麼意外，或是闖了什麼禍。父母因為她，每天過着提心吊膽的日子，所以也不敢再生孩子。兆龍出生後，許虹得到她的報應——兒子遺傳了母親的個性，她以前有多叛逆，她的兒子也有多叛逆。

　　長大後的許虹，得償所願。打從她大學畢業後，就沒有工作過，只是一天到晚在時空裏穿梭，為的是要掌握未來的資訊，再將它們用來炒賣股票、樓房。她成功了，賺了很多、很多錢。後來她在派對上遇上祖逸，對他一見鍾情。祖逸是個富二代，經常有美女投懷送抱，對沒有花容月貌的許虹沒半點興趣。在他們相遇的那個晚上，她已從未來知道與她共諧連理的是另一個人。她不甘心呀！從小到大，她就是自己的神，主宰自己的命運，從來沒有她得不到的東西。她喜歡祖逸，要成為他的妻子，就是這麼簡單！

　　祖逸的家族是做汽車零件生意的。他對這門生意一點興趣都沒有。他喜歡飲紅酒，於是決定自己創業，做批發和經銷葡萄酒的生意。祖逸並不是庸才，但也不是什麼商業奇才，在做生意上很自然會碰到不同的難題。每次他失意、沮喪、落寞時，總會遇上許虹。許虹會安慰他、鼓勵他，更會與他一起探討解決問題的方法，而她的意見往往是幫他解決問題的靈丹妙藥。祖逸逐漸看到許虹的美並不在於她的外表，不知不覺間愛上她了。

　　從來沒有她得不到的東西，他們結婚了！

婚後，他們的生活美滿，直至到兩年多後的某一個晚上。當時許虹懷孕了，可能是懷孕令賀爾蒙有所改變的關係，許虹的身體也開始有點不受控。那天晚上她和祖逸坐在沙發上看電視，看着看着她就打起瞌睡，然後整個人突然在祖逸面前消失了。祖逸被嚇得魂飛魄散地大叫，不到三十秒，許虹再度出現在他眼前。她的秘密再瞞不了他！

　　那天晚上，在驚恐過後，在震驚過後，祖逸的腦海仍然一片混亂，一時間不知該如何接受自己有個可以穿越過去、未來的妻子。許虹很擔心祖逸會把她當作怪物，便不停地安撫祖逸說，其實她跟一般人沒有任何分別，只是多了一種能力而已，還細說她是如何用穿越去幫自己賺取第一桶金，是如何用穿越去幫祖逸解決他生意上的問題等等。氣氛漸漸沒有那麼緊繃，他們開始閒聊起來。許虹放心了，也開始告訴祖逸她在穿越時遇到的趣事。

　　『那你是一早知道會嫁我的嗎？』祖逸面帶笑意，好奇地問。

　　氣氛緩和了，人鬆懈了，說話自自然然沒那麼謹慎：『不是，我原本的老公是另一個人。』許虹輕鬆地說，還沒察覺到自己已經說漏了嘴！

　　祖逸頓時面色一沉，質問許虹道：『你原本的老公是另一個人，那我原本的老婆也應該是另一個人，對吧？』

　　許虹默然不語，一種莫名的恐懼逐漸籠罩她整個人。

　　祖逸從沙發站了起來，狠狠地瞪着許虹，怒吼道：『你的意思是說你用你的超能力改變了我的人生，對吧！』

許虹實在無話可說，低着頭，連望祖逸一眼都不敢！

深夜，祖逸睡在沙發上，許虹睡在床上。兩人都心事重重，無法入睡。祖逸回想起他們的初次見面，他對這個女人一點感覺都沒有。其後，他們相遇、相戀。他不禁懷疑自己與許虹的多次「偶遇」，他在生意上碰到的困難和他們的婚姻，全是許虹用她的超能力在背後擺佈的。

他不禁黯然落淚。一個他真心對待的人，竟然一開始就在欺騙他，而且還一直把他當作傻瓜般玩於股掌之上！一個他心愛的人，竟然一直在背後操控他的人生，而且還會繼續操控！

祖逸自此對許虹恨之入骨。為了他們未出生的孩子，他們沒有離婚。然而，祖逸誓要許虹為她的操控付出代價。他從此視她為無物，夜夜笙歌，要她承受作為妻子最難忍受的痛。

她睜一眼、閉一眼，這段婚姻總算維持了十多年。

『明明一切都在我掌控之中，為何我的人生還會如此失敗？』在過去的十多年，許虹無時無刻想着這個問題。她不是不知道原因，只是不願意接受而已！這些年來，許虹根本無法直視祖逸堂堂正正的說一句：『無愧於心！』即使真的能夠掌控命運，就真的能夠隨心所欲嗎？畢竟天理循環，誰可改變種瓜得瓜！

這天下午，許虹收到一個女人的電話，叫她別再纏着祖逸，還用髒話罵她。掛線後，許虹怒火沖天。自從祖逸開始花天酒地後，許虹就活在地獄裏。她曾經想過回去從前，一切重頭來過，但她一回去，她肚子裏的寶寶就會一起消失，她捨不得他

呀！她唯有一天、一天的忍耐下去。許虹也曾試過用超能力去阻止祖逸鬼混，可是祖逸是存心向她報復，阻也阻不了。兆龍已經十五歲，要忍也忍夠了，要還也該還清了。

十多年的孽障，就在這一天來個了斷吧！她開始幫祖逸收拾行李，待他回來就叫他走。

祖逸回到家。當他聽見許虹叫他走，隨即哈哈大笑起來：『這屋子是你的嗎？你有什麼資格叫我走！』

許虹也沒有動氣，無奈地問祖逸說：『你到底想怎樣？』

祖逸冷冷一笑，瞟了許虹一眼：『當然是想看着你痛苦，所以呀，你一日沒死，我一日都不會離開你！』

祖逸還說，他去鬼混的目的就是要折磨許虹。每天看着她那生不如死的樣子，他不知多心涼。許虹被氣得滿臉通紅，連話都說不出來。祖逸那張無情的臉孔，依然帶着幾分冷笑。既然許虹操控他的人生，他就將他的人生目標放在折磨許虹上，誓要替天行道，收拾許虹這隻姣妖！

「姣妖」兩個字先讓許虹整個人愣住了，再讓她七竅生煙。她瞪着祖逸，咆哮道：『你說我是什麼？你有種再說一次！』看見許虹七竅生煙的樣子，祖逸真是樂不可支。他揚揚得意笑一笑後，面色驟然一變，目露兇光，大聲斥罵許虹：『沒聽清楚我說的話嗎！我說你是一隻發騷的妖精！要不是你發騷，死纏着我，把我當傻瓜般耍，我會娶你這隻醜八怪做老婆嗎！』

她那張紅得像火球一樣的臉，彷彿隨時會爆炸似的！許虹雖然沒有花容月貌，但絕對不醜。她二話不說，狠狠的給了他

一個巴掌。這巴掌來得何其突然，何其迅速，「啪」的一聲落在祖逸的面上。他勃然大怒，立即還擊，可是她已經無影無蹤。祖逸四處張望，尋找消失的許虹，許虹又忽然在他的面前出現，再「啪」的一聲，又一個耳光，再消失了。他怒火中燒，她趾高氣揚。許虹站得離祖逸遠遠的，神氣地笑着說：『罵我是妖精，那我就讓你看看我的妖精本色！』他實在拿她沒辦法，只要她現身，他就拿東西扔她，身邊有什麼就扔什麼。

憋在這對夫婦心裏十多年的怨氣、怒氣，一觸即發，其爆發力足以令他們來個你死我亡！祖逸走進廚房，拿着刀出來，要一刀把許虹捅死以報那兩巴掌之仇！

『臭婊子，我今天絕對不會放過你！』祖逸叱喝道。許虹卻報以冷笑，面無懼色，又消失了。她去了他的身後，出盡全力朝他的背脊踹了一腳，嘲笑他說：『傻瓜，你以為你拿着刀我就會怕你了嗎？』

這時候，兆龍放學回來了。屋子凌亂，父母對峙，兒子大吃一驚。

『發生了什麼事？』兆龍驚叫道。許虹就在兒子面前大罵丈夫沒良心，忘恩負義。怒不可遏的祖逸趁許虹顧着罵他，無法集中精神穿越時空，就抓着那一瞬間，拿着刀衝過去要許虹的命！怎料，在凌亂的客廳裏，他不知道踩到什麼，腳滑了一下，變了向站在許虹旁邊的兆龍衝過去，刀就直插兆龍的肚子裏⋯⋯

「後來怎樣？」允愉一直聚精會神地聽着，說得最多的是這句話。

若娟講述了許虹去峨嵋山採仙草，但最終救不了兆龍的一段劇情：「後來許虹決定先下手為強，把祖逸殺掉，這樣兆龍就不會死在祖逸手裏。」

　　許虹回到了在家裏等待祖逸回家，而兆龍還未出現的時空。她拿着刀站在大門後，打算祖逸一進門口就捅他，乾淨利落。然而，殺人比她想像難，她的手一直在抖呀！鑰匙聲響起，她準備，他進門。她捅，因為緊張、害怕，慢了三分。他閃，因為本能反應夠快，避過一劫。

　　『你幹什麼呀你？』祖逸臉色慌張，斥喝道。

　　『你這混蛋，這十多年來，你在外邊玩女人，我也睜一眼、閉一眼，你現在竟然殺了兆龍，我跟你拚了！』

　　祖逸卻一頭霧水：『你在發什麼神經呀！我哪有殺了兆龍？他現在正好好的在學校上課呀！』

　　許虹懶得跟祖逸說下去，拿着刀追着他捅。他們你追我逐了一會兒，許虹消失了。她到了他身後，捅了他一刀！這一刀，不夠狠、不夠準，他受了傷，但沒有大礙，她卻嚇得連刀都掉在地上。

　　祖逸發火了。

　　他立刻轉身，揮拳向許虹的臉頰打去，再狠命地踹她一腳，大罵道：『臭婊子，我今天絕對不會放過你！』

　　許虹昏倒在地上。祖逸瘋了般掐着她的脖子。在暴怒下，他失去了理智，腦海裏突然閃現着一個念頭，如果她死了，他就可以再次掌控自己的人生，可以重新獲得自由，況且他現在是自衛殺人呀！這時候，兆龍放學回來了。他看見父親掐着母

親的脖子，大驚失色，也不管發生了什麼事，馬上跑過去邊推開祖逸邊叫道：『爸爸你快放手呀，要不然媽媽會給你掐死的！』

祖逸沒有理會兆龍，繼續用力掐着許虹的脖子。兆龍看見地上有一把刀，就匆匆地撿起它，情急之下，用刀大刀的劃祖逸的手臂，祖逸放手了。

殺氣騰騰的祖逸瞪着兆龍，劈里啪啦地賞了他兩個耳光：『臭小子，你找死嗎！竟敢用刀對付你老爸，快把刀給我。』

兆龍一聲不吭，不敢直視父親，也沒有搖頭，只是把刀柄握得更緊。其實他想用超能力離開，不過他怕他一走，爸爸就會把媽媽掐死。

兒子沒反應，但父親的反應很快。祖逸迅速抓着兆龍的手腕，而且還出盡力地掐它，要兆龍放開刀；兆龍卻緊緊地握着刀柄和不停地掙脫，刀就在父子之間擺動。

許虹醒了。她看見兆龍跟祖逸在糾纏，生怕會發生同樣的結果，於是隨便拿了一件放在客廳裏的木雕擺設，拚命地打祖逸的後背，要祖逸放開兆龍。混亂中，刀在父子之間左搖右擺，他倒了下來……

故事講完了。

「姐姐，我覺得你的故事很好呀，尤其是那大結局，很有意思！」允愉讚歎說。

「有意思又怎樣，這劇本根本沒人要！」若娟心裏鬱悶，一臉沮喪。

「為什麼？」

「他們都說穿越這題材已經拍得很爛，甚至有點過時，所以都不看好我的劇本。」

「是這樣呀。」允愉思考了一下後說，「姐姐，你記不記得我們第一次一起吃飯的時候，你曾說過你有些同學很幸運，她們是讀什麼就考什麼。」

「記得，怎麼了？」若娟覺得有點奇怪，無緣無故幹什麼提起此事。

「其實我就是那種人。每次考試前我的同學們都會來問我會讀哪些題目，而我也很樂意告訴她們，所以我在中學、大學，甚至出來工作後，人緣都很好，可以說是要風得風，要雨得雨！」允愉掛着一張笑臉，揚揚得意。

「是嗎？」

「在那天晚上，我也說過我曾想讀法律，因為可以多賺點錢。」

「但是你最後還是選擇了讀社會科學，因為理想比麵包重要。我記得呀，怎麼了？」

「我雖然沒有讀法律，但嫁了一個律師老公。他的賺錢能力很高，很疼我，也很支持我的工作。我是在無憂無慮的環境下，去做我喜歡做的工作。」

若娟心裏有點不高興，想着：「有必要在這時候向我炫燿你有多幸福嗎！」

「其實我的人生一直很順利，是一個很幸運的人，只是我沒察覺到。直到我出來工作後，才知道自己有一種神奇力量。」

「什麼神奇力量？」

「就是只要有我參與的事情都會成功。」

若娟隨即哈哈大笑起來：「我也有一種神奇力量。」

「什麼神奇力量？」

「就是只要有我參與的事情都會失敗。」

允愉知道若娟在揶揄她，大叫道：「姐姐，我是說真的呀！你知道嗎，我們做社工的，經常要幫受助者申請一些社會福利。有很多個案，我的同事無論怎樣努力，都沒辦法幫受助者申請到的福利，但只要我一出手，就會申請到，所以他們都叫我做福星。」

「我看只是恰巧而已！」

「不是恰巧的，是真的！」允愉的神情非常嚴肅。

「如果你真的這麼好運，就不會在救慕婷的時候差點連命都沒有！」

「我不是救了慕婷，還遇上你這個好心人，願意捐肝給我，救了我一命嗎？」

若娟再也沒話好說了！允愉跟着從床上走到放着手袋的椅子旁邊，從皮包裏拿了五百塊錢出來，再跑回床上。

「姐姐，這五百塊錢，我投資在你的劇本上。有我的投資，你的劇本一定會成為一部很成功的電影。」

若娟望着允愉手裏的五百塊，猶豫着，懷疑着。

「拿去呀！」允愉就把錢塞給若娟。

「謝謝你呀，福星。」無論她的話是真是假，起碼這是對自己的支持，若娟莞爾一笑收下了。

「不用客氣。將來你找到投資者，記得把我的投資寫在合約上，這樣我的神奇力量才可以發揮作用。這五百塊賺到的錢，我會全投資在你以後的創作上，這樣你就會一直成功。」允愉滿懷自信說。

一個星期後，琛哥已經從上海回來香港了。這天，老陳約他見面，告訴他一個好消息。老陳一向很相信自己的眼光，一直認為《越空弒夫》會是一部成功的電影，就不停地找投資者與他合資，總算讓他找到一個想進軍電影圈的大陸富商。他們兩個會合資開拍《越空弒夫》，條件是絕對不能超支和要琛哥履行當年的承諾。

終於如願以償，若娟真是歡喜若狂，心裏開始相信允愉的神奇力量！她於是堅持要把允愉的五百塊錢寫在電影的投資合約上。唯一的問題是，如果她是導演、琛哥是攝影師的話，他們兩個很可能會整天吵架。

在琛哥和電影之間，她選擇了琛哥。若娟去了找孜承，請他當《越空弒夫》的導演，反正來日方長，她將來一定有機會當導演的。朋友有求於他，他在所不辭，一口答應了若娟，縱使這令他不得不先放下自己的電影的籌備工作。她的電影當然少不了頌慈這位服裝造型設計師，若娟也去了找妍婷演許虹這角色，而且還希望她可以減片酬。

妍婷不假思索，擺出一副正經八百的臉容說：「這部電影不收片酬算了，不過以後你再找我拍電影，不要再要我減價呀！」

妍婷每部電影的片酬至少要二百萬美金。若娟流着淚，緊緊抱着妍婷說：「妍婷，謝謝你呀！」妍婷也眼泛淚光抱着若娟說：「恭喜你呀，終於熬出頭了！」

兩年後，《越空弒夫》上映了。

托允愉的鴻福，這部電影叫好又叫座，而且還獲得提名角逐多個金像獎獎項。《越空弒夫》更成為了妍婷與那個人的紅娘。自從妍婷成為明星後，身邊一直不乏裙下之臣，他們都是有錢有地位的公子哥兒。然而，妍婷既不稀罕他們的錢，也不需要他們的名譽地位，況且演戲是她生命的一部分，她完全沒興趣在婚後被困在一間大屋或一些社交活動裏。因此，她對那班只懂得吃喝玩樂的公子哥兒，從來都不屑一顧。

當妍婷決定將緣分擱在一旁，就與那個人重遇。

一切都是因為她太投入。在拍攝兆龍死去那幾場戲的時候，妍婷在現場經常是愁眉苦臉，有時候還會坐在一旁飲泣。孜承當然察覺到妍婷的狀況，就叫副導演通知所有的工作人員不可以打擾妍婷，但他又放心不下，便叫若娟在那幾天來接妍婷回家。

在拍完那幾場戲的當天，妍婷在收工前去了找孜承，對他說：「導演，謝謝你呀！」

「嗯？」孜承一面問號。

「娟娟都告訴我了，她說是你叫她每天來接我的。」

「哦，是這事情呀！」孜承微笑着。「其實我也很矛盾。如果你不夠投入，出來的效果肯定不會好；如果太過投入，我

又怕你抽離不了角色，一直把自己沉浸在那悲痛裏。所以只好叫娟娟來送你回家，希望她和你聊聊天，能夠幫你舒緩一下壓抑的心情。」

「當演員有時候就是需要把幻想和現實混在一起。」她面帶笑意說。「我和娟娟待會兒會去喝咖啡，你要來嗎？」

「好呀，不過我還有些事情要忙。你們先去吧，我們電聯！」

孜承和琛哥已來到咖啡室。四個人談電影、談演技、談生活，談得非常開心和投契。之後，孜承和妍婷也會時不時相約去喝咖啡，有時候是他約她，有時候是她約他。

這天，兩人在一個舊區裏的一家小小的咖啡館裏喝咖啡。這咖啡館一點都不起眼，門口和館裏的裝修都沒有什麼特色，它的桌子和椅子甚至有點破舊。導演和明星坐在遠離門口的幽暗角落，明星也戴着帽子和口罩去掩飾身分。他們東拉西扯地聊着，孜承忽然叫了出來：「真的假的，是娟娟教你演戲的？」

「你小聲一點呀！」

「哦，不好意思！不過實在是太搞笑了，沒想到娟娟這傻丫頭竟然是你的啟蒙老師！」

「那是我的第一部電影，《愛無悔》。那時候，我什麼都不懂，經常給導演罵，有一天更給他罵哭了。娟娟就走來安慰我，還跟我說：『既然不懂得要怎樣演，那就把一切都當成是真的。』她叫我用心去感受那女主角的經歷，讓她在我的心裏存在，我就會知道她是怎樣說話、怎樣反應。」妍婷回憶道。

「我記得《愛無悔》，我是那部電影的副導演。當時你一天到晚都 NG，趙導演都快給你氣死了，所以才會向你發脾氣。不過我可不知道娟娟跟你說的那些話，她從來沒跟我提起過。」孜承現在才明白，這兩個女孩子為什麼是這麼好的朋友。

妍婷想起當年愚昧的自己，仍然有點尷尬。

「娟娟還送了一本關於電影的書給我。後來我也看了很多關於表演藝術的書，才知道娟娟所說的其實是屬於表演藝術裏的體驗派，就是演員要進入角色，想角色所想，然後將他的情感表現出來。」

孜承對這演繹方式有自己的看法，但他還是耐心地聽妍婷講下去。

「而另一個派別是方法派。方法派的主張是演員不進入角色，而是通過觸發自身經歷，以牽引出來的情感去表演。雖然演員表達着跟角色相似的情感，他的思想卻未必與角色保持一致。我比較喜歡用體驗派的表演方式去演繹角色，這樣演起來比較容易投入！」

「體驗派雖然令演員相對容易投入，但也容易因入戲太深、抽離不了角色，而導致情緒出現問題。」孜承提醒妍婷說。

「為了把工作做好，也顧不了那麼多！」

「所以一定要懂得抽離呀！」孜承緊張地說。他呀，早已被她的美貌、她的敬業樂業所吸引，所以才會一直跟她見面。「我覺得演員不一定要成為他扮演的角色，才可以把戲演好，因為他根本不是那個角色。如果演員懂得控制入戲程度，然後站在自己扮演的角色的背後去看那角色，那出來的效果可能是最好的。」

「我完全不明白你在說什麼！什麼『站在角色背後』、什麼『看』……要看什麼？」妍婷一副一頭霧水的樣子。

他們開始討論「站在角色背後」這問題，很快又從表演談到導演。

「根據娟娟的劇本，《越空弒夫》的開頭應該是小時候的許虹在教員室裏閱讀考試卷後消失了。怎麼在電影裏，你卻把開頭改成了三個人廝殺的場面？」妍婷好奇地問道。

孜承執導的《越空弒夫》，一開始的畫面是兆龍拿着刀和祖逸在糾纏，刀在兩個男子之間左搖右擺，許虹就拿着一件擺設拚命地拍打祖逸的後背。觀眾會在這場戲裏，猜到刀插進了其中一個人的身體，而整場戲最後的鏡頭則是兆龍和祖逸的痛苦表情，接着才是小時候的許虹在教員室裏消失了的畫面。

「穿越已經不是一個新鮮的題材，甚至有點舊。如果要令觀眾喜歡這部電影，那就一定要加強它的吸引力。在電影的開頭，觀眾看到的是三個人在糾纏，也猜到應該有人死了，但他們不知道到底發生了什麼事，不知道三個人的關係，不知道是誰死了。我希望這樣做可以引起觀眾的好奇心，為了答案一直追看下去。」孜承解釋說。

「所以你就在許虹成長過程的戲裏，又加插了許虹和祖逸的部分，從而加強電影的趣味性！」

「其實我是想做到，觀眾好像知道、又好像不知道究竟在發生什麼事的效果。」

聽到這裏，妍婷才明白到若娟當年堅持不要鼠眼導演拍她的《越空弒夫》，和後來找孜承當這劇本的導演，還真有她的道理。

「許虹的成長，我是用順敘方式講的；許虹和祖逸的故事，我則用倒敘的方式去處理。當許虹決定利用她的超能力去把祖逸殺死，順敘、倒敘的故事線就連在一起，因為這個決定是她人生的轉捩點，從此改變了她面對人生和面對超能力的態度。」孜承繼續說。

「哦，原來是這樣！」妍婷　雙眼睛散發着欣賞的目光。她呀，早已被他的才華迷倒了，所以才會主動約他。

「嗯。」

「大導演，那如果要你拍一部很平凡的愛情片，你會怎樣拍？」妍婷開玩笑的問孜承說。

「我呀？」孜承想了一想後，掃視一下咖啡館的環境。「電影的開頭是男、女主角在一間咖啡館裏……」

他開始描述咖啡館的環境。她聽着、聽着，逐漸察覺到他所描述的和他們身處的咖啡館一模一樣，覺得有點奇怪。在她思考着難道他倆就是電影裏的男、女主角的時候，她的手忽然被他握着！

「你願意做我的女朋友嗎？」

她被他嚇了一跳，不清楚他的話孰真孰假，不知道該怎麼反應，心裏倒是三分驚七分喜！幸虧她還懂得什麼是矜持。她馬上縮手，他就握得更緊。孜承誠懇地說：「妍婷，我是認真的。你願意做我的女朋友嗎？」

她的心意到底是如何，他好忐忑呀！

她好興奮呀，心怦怦、怦怦的亂跳着，可是她是大明星，總不能表現得太激動！幸虧她還戴着口罩，喜上眉梢也好，心

花怒放也好，通通被那口罩遮蓋着。

「只要不要讓眼神出賣自己就可以了！」她想着。她畢竟是演員呀！

他都快急死了，怎麼還不說願意呀！

妍婷在她的心跳回歸正常後說：「那你願不願意整天給狗仔隊追蹤？願不願意經常被陌生人指指點點？願不願意接受我們可能會一個星期，甚至一個月都見不到一次面？」

孜承明白她的憂慮。

「只要你願意，我什麼都願意！」語氣是多麼的堅定。

他的答案讓她的眼睛都笑了起來，她連最後一道防線都失守了：「怎麼你的表白弄到像向人求婚那樣？」

「我向你求婚的時候，一定會是驚天動地的，因為我要全世界都看見你有多幸福！」孜承笑着說。

妍婷用沒有被握住的另一隻手脫下口罩，沒有說話，沒有點頭。

難道她不願意嗎？孜承望着那張沒有表情的俏臉，再也笑不出來！

她用手指點一點水杯裏的水，然後開始在桌子上寫字。

他異常緊張地看着她的手指在舞動，最終咧嘴直笑。

「Yes、Yes！」他心裏狂呼着！要不是在大庭廣眾，他一定會把她抱在懷裏，深深地吻着她。此刻，他緊緊抓着她的手不放，輕輕吻了它一下。她滿面笑容，還未等到他求婚，幸福已經完全寫在她的臉上。

這對郎才女貌的情侶，很快成為了城中佳話。

轉眼間又是一年一度的頒獎夜。

這晚，《越空弒夫》是大贏家。頌慈心願達成，得到最佳服裝造型設計獎。妍婷也完夢了。經過三次失望而回，她終於在今晚摘下最佳女主角的后冠。琛哥憑着《越空弒夫》，第二次拿到最佳攝影獎。

若娟在發表最佳編劇獎的得獎致辭時，不忘多謝妹妹的神奇力量。允愉的神奇力量真的不可小覷，連飾演祖逸和兆龍的男演員，也分別獲得最佳男配角和最佳新演員獎。最佳導演獎落在孜承的手上，他的謝辭很簡單，心情卻很緊張，一直深情地望着台下的她。

「親愛的，嫁給我好嗎？」他戰戰兢兢。

此話一出，全場譁然！電視鏡頭馬上從台上的導演轉到台下的女主角。妍婷又驚又喜，一張俏臉幾乎埋在手掌裏，但仍可看見她那雙明媚的眼眸閃着淚光。她喜極而泣，含羞點頭；他欣喜若狂，高聲歡呼。第二天，娛樂新聞鋪天蓋地報導的都是他的求婚，和她的點頭，正如他所承諾：「一定會是驚天動地的！」

全晚的壓軸大獎最佳電影獎，得主也是《越空弒夫》！監製老陳在領獎時，不禁提起替這部電影籌集資金是如何的困難重重，萬千感慨。他最後勉勵大家說：「就算全世界都說你不可以，你也要相信自己是可以的。」

半夜兩點多，他們終於回到家了，真是一個難忘的晚上！

在頒獎禮後，《越空弒夫》整個團隊去了慶功。若娟和琛哥回到家時已經很累，但心還是興奮地跳躍着，仍然不想睡。

「琛哥，我想看錄影，看看我們今天晚上有多威風。」他們睏得要命的坐在沙發上看錄下來的頒獎禮。看了沒一會兒，電話響了，是珮雲從加拿大打電話來恭喜女兒得獎。若娟在講電話，琛哥就先去洗澡。兩母女閒話家常，談了二十分鐘左右，珮雲就說鴻泰在加拿大的發展並不理想，他想回香港做電影配樂的工作，希望若娟能幫他安排一下。

原來母親是為了弟弟才打電話給她，而且還不管現在是幾點，她是不是在睡覺！

掛線後，若娟感到很沒趣。她把電視關掉，回房間換衣服去。由她從客廳走進房間的一刻，就是她從天堂跌入地獄的一刻，從此不見天日──琛哥昏倒在睡房的地上，已無氣息，心臟病發猝死了！

命中注定的，逃也逃不了！

第二十章
只要熬過難過的日子

時光一晃，三年過去了。

當年允愉曾經說過那五百塊賺到的錢，會全投資在若娟以後的創作上，她遵守了她的承諾。若娟的事業在這三年裏非常成功。她現在是著名的小說家和電影編劇，不過永遠都不會當導演，怕觸景傷情呀！即使已經事業有成，生活無憂無慮，她每天晚上都要靠着安眠藥才能入睡。

自從三年前的那個晚上，若娟就活在悲慘的世界裏，每天更背着自責、內疚過日子。如果那天晚上她沒有說要看錄影帶，一回到家他們就去休息，可能他就不會死！如果那天晚上她不是在講電話，能及時發現他昏倒了的話，可能還能救活他！

她和他儘管沒有白頭到老的婚約，但有白頭到老的心願，怎麼他就這樣走了？怎麼兩個人會在剎那間變成陰陽相隔！她還有好多話要跟他說，有好多事情要和他一起做，有好多地方要跟他一起去呀！

琛哥去世後的一星期，若娟收到琛哥大兒子的電話，說父親留下了遺囑。根據琛哥的遺囑，他將香港的房子留給若娟，澳洲的房子和現金就留給兩個兒子。當年為了捐肝給允愉的事，琛哥在去醫院驗肝之前立了遺囑，不過若娟一直都不知道。

其實琛哥也寫了一封信給若娟，她也不知道；直到半年前的某一天，若娟在琛哥的書房裏收拾東西時，發現抽屜裏的一封信，就好奇地打開來看，上面寫着：

我心愛的若娟：

　　如果我在捐肝的手術裏發生了什麼事，我想讓你知道，能遇上你，我這一生無憾了！所以我是開開心心走的。我走了之後，你千萬別自責、別難過，要好好過你的日子。想起我的時候，不要哭，這樣我才可以走得安心。

　　你知道嗎，我永遠都不會忘記《梁祝》的那個晚上，我看見漂亮的你，就什麼都不管，只想和你在一起。然而，我真的很對不起你。這些年來，我一直沒有給你一個名分，讓你受委屈了。你還記得《梁祝》那首歌嗎？我向你表白的時候，你用《梁祝》來回覆我；我當時聽到那首歌是多麼的激動，想着你心裏一定是有我，才會把歌一直留着。

　　「儘管沒法白頭，情長難以斷」，真的難以斷呀！如果有來世的話，我希望我可以再與你相遇，而且要早點與你相遇，那我們就可以做一對有名有分的夫妻，那我就可以隨時隨地大叫你老婆！若娟，謝謝你在我的生命裏出現，多麼希望我可以一直告訴你，我有多愛你！

　　　　　　　　　　　　　　　　　　　　　永遠愛你的琛哥

她讀着，哭着，哭得肝腸寸斷，哭得天崩地裂，他還是不會回來呀！

「可是我可以去找他呀！」若娟腦海裏想着的都是這句話。她把信讀了一遍、兩遍、三遍、四遍⋯⋯除了哭，還是哭，越讀就越想去找他，越想陪着他走！

在過去的三年裏，若娟的朋友們一有時間就會陪着若娟，希望讓她知道這個世上還有很多愛她和關心她的人，傷心的時候不要獨自難過。允愉更會在每個星期六邀請若娟到她家吃飯，希望這樣可以讓若娟感覺到她們真是一家人，感覺到家庭溫暖。允愉的兩個兒女，由於每個星期六都看見若娟，而且都叫她「姨媽」，早已經把若娟當成是真的姨媽那樣看待；有時候會向她撒嬌，有時候會要她買東西，有時候會對她發脾氣，若娟也非常心疼這兩個小鬼。

幸虧有一班好朋友，若娟在悲傷的日子，總算有歡笑的片刻。可惜片刻的歡笑難以令她擺脫生離死別的痛、朝思暮想的苦。她的腦海裏總是閃現着一個想法：早晚都要走，早一點走又有什麼所謂！

今天，若娟好像有決定了。她在今天早上通知允愉她晚上有事，不能去允愉家吃飯。下午，她去了看她的家庭醫生，告訴醫生她要去加拿大探望父母，很可能會去半年，希望醫生可以開兩瓶安眠藥給她。醫生依照她的話做了。她之後把電話關掉，今天實在不想受到任何騷擾。

晚上八點多，若娟坐在家中沙發上，望着散落在茶几上的

一大堆藥丸，愴然淚下。她打算分幾次把這堆安眠藥吞下，手裏已經捧着十幾顆藥丸。在去意已決的一刻，許虹不知道從她腦海裏的哪一個角落衝了出來，拚命地叫道：「只要活着，只要熬過難過的日子，總會有活得精彩的一天！」

「許虹！」若娟感到奇怪，怎麼會想起許虹？許虹、祖逸和兆龍，三個人在混亂中糾纏的一幕，逐漸呈現於她眼前……

許虹拿着一件木雕擺設，拚命地打祖逸的後背，令祖逸的身體很自然向前傾。兆龍當時雖然握着刀柄，但因為祖逸掐着他的手腕，那把刀是完全不受他的控制，在他和祖逸之間胡亂擺動。結果，在一片混亂中，兆龍錯手將刀插進父親的腹部，加上祖逸的身體向前傾的關係，這一刀還插得挺深！

祖逸倒了下來，動也不動。

兆龍看着倒在地上的父親，驚惶失措地叫道：『媽，我殺死了爸爸！怎麼辦？怎麼辦呀？』

許虹則站在那兒發愣，臉色蒼白，喃喃道：『應該是我殺死祖逸才對，怎麼現在變了是兆龍把他殺死？怎麼會這樣的？』她好後悔呀！倘若當初她不是妄自尊大，以為自己可以掌控一切，硬要成為祖逸的妻子，今天的慘劇就不會發生！此時，母親之前曾勸過她的一句話，忽然在她的腦海裏浮現。

『如果你執意逆天而行，一定會遭天譴的！』現在她連累了兒子，可能這就是上天對她逆天而行的懲罰。

『怎麼辦？怎麼辦呀？』許虹心裏想着同一個問題。

慌張的兆龍沒得到母親的答案，焦急地說：『媽，我們逃

吧！我們有超能力，警察一定不會捉到我們的。』

『不能逃！』許虹馬上捉着兆龍的手，她已經遭到天譴，絕對不能讓兒子重蹈她的覆轍。

『為什麼？』

許虹把整件事的前因後果告知兆龍。

『逃不了呀！逃到以前，你是個沒身分的死人；逃到未來，你是一個逃犯，永遠要過着閃閃縮縮的逃亡日子！』

『我不管，我不要坐牢！』

要麼死，要麼坐牢，兒子的生死懸於她的一念之間。

許虹掙扎着，最後她說：『兆龍，你現在才十五歲，人生的路還很長，就算你坐過牢，只要肯努力，將來一定可以照樣擁有美好的人生。最重要的是，只要活着，只要熬過難過的日子，總會有活得精彩的一天！』

『總之我不要坐牢！』兆龍在大叫後消失了。

兆龍消失後，許虹異常冷靜。她開始收拾殘局，擦掉地上和祖逸身上的血，還把房子收拾好，耐心地等兒子回來與她一起去自首。在兆龍回來之前，她一定不可以讓鄰居察覺到她的房子發出惡臭。許虹之後每天都會把祖逸的屍體擦乾淨，而且還二十四小時開着空調，希望這樣可以減慢屍體腐爛和發臭的速度。

一個星期後，兆龍回來了。他過了一個星期提心吊膽的日子，終決定面對現實。許虹和兆龍向警方自首。兩母子，母親因為企圖謀殺，兒子因為誤殺，都要受牢獄之苦。兆龍在獄中

繼續他的學業，憑着自己的力量，考上大學，修讀生物學和化學。

他們出獄後，許虹繼續把她的超能力用在金融和房地產的投資上，不過她現在會以著名投資者的身分，把她從未來得到的資訊，用分析的方式在報章上發表，讓其他人也可以從她的超能力得到好處。許虹在報章上的專欄很受讀者的歡迎，還被冠上「明燈」的外號——她的一班粉絲都認為她是他們在股海裏的指路明燈！

比起以前活在自私自利中，許虹現在活得開心多了！

至於兆龍，他的心願是成為一位外科醫生。既然他殺掉了一條生命，他希望能通過拯救生命來贖罪。許虹用了很多錢和方法，終於把兆龍送去美國修讀醫科。兆龍在學有所成後，去了非洲當無國界醫生。憑着兆龍的超能力，他和他的團隊避過了各種在戰亂地方工作的危險。

兒子在非洲，母親在香港，母子倆每年只會見面一兩次，感情卻一年比一年好。兆龍也在非洲遇上他的一生最愛，她也是一位無國界醫生。兩個人的共同心願，是將一生獻給受戰爭摧殘的兒童，因此他們在結婚之後決定不生孩子。

當一個人以畢生之力去為不幸的人尋求幸福，生命就被賦予了多一層的意義，所追求的、期盼的，全是讓幸福降臨在不幸的人身上。

這天，傍晚時分，兆龍和他的妻子偷得浮生半日閒，相依相偎地欣賞森林裏的日落景色。丈夫那張若有所思的臉孔引起

妻子的好奇心：『你在想什麼？』

丈夫輕吻了妻子的臉頰一下，感慨地說：『我想起我媽媽曾經說過的一句話，『只要活着，只要熬過難過的日子，總會有活得精彩的一天！』要不是我媽媽這句話，當年的我就不會回去面對現實，現在的人生應該很不一樣，也不可能遇上你。』

「只要熬過……」若娟從許虹的世界回到自己的的世界，「可是我就是熬不過呀！」縱然如此，她好像開始有點動搖。

「吞還是不吞？」她凝視着手心裏的藥丸，淚眼閃爍，滿心猶豫着。此時，一把微小的聲音在她的耳邊嗡嗡響起：「長痛不如短痛呀！」

若娟深呼吸了一下，準備把手上的十幾顆藥丸送進嘴裏的時候，門鈴突然響起！在寂靜的空間，突如其來的門鈴聲變得特別響亮，把若娟嚇着了。她的身體微微一抖，手中的安眠藥散落在地上。若娟不知道是誰找她，也沒興趣知道，沒有理會那門鈴聲。她蹲了下來，撿起掉在地上的安眠藥，門鈴聲卻響個不停，找她的人應該是蠻焦急呀。

「怎麼不可以讓我靜靜的走？」若娟不耐煩地嘀咕道。她把撿起的藥丸放在茶几上，氣沖沖地走去開門，原來是安雅。

若娟這個十三歲的「外甥女」，一進門就走去客廳，一屁股坐在沙發上，看來是這裏的常客。安雅跟着開始哭訴媽媽有多兇、有多不講理，說她只不過想買一件一千塊錢左右的外套，媽媽也不允許。

其實若娟的家是安雅的避風港，每次與母親爭吵後，她都

會跑來找若娟訴苦。若娟邊聽安雅發牢騷，邊想着怎麼今天允愉沒有先打電話來通知她，告訴她女兒可能會跑來找她？後來才想起她早把電話關掉。她重新啟動手提，發現允愉已經留了好幾個口訊給她。在她聽口訊的時候，安雅注意到茶几上有很多藥丸，便好奇地問若娟那是什麼。

「別碰！」若娟緊張地說，嚇得安雅也不敢再問下去。在口訊裏，允愉氣忿地說：「姐姐，安雅那個臭丫頭應該又跑去找你了。如果她到了你家，請給我一個電話。還有，你千萬別買那外套給她，小孩子幹什麼要穿那麼貴的衣服！如果她肚子餓也不要給東西她吃，讓她餓死算了，看她以後還敢不敢動不動就發脾氣跑去打擾你！姐姐，很抱歉，又麻煩你了！」母女倆又在賭氣了，她想着。

留口訊給若娟的還有另外一個人。妍婷：「收到口訊趕快打電話給我。」

若娟立刻回電，妍婷要親口告訴若娟一個好消息──她懷孕了，而且她和孜承還想若娟做寶寶的乾媽。妍婷說：「娟娟，你要開開心心的過日子，這樣才可以將正能量傳給寶寶，知道嗎？」若娟眼泛淚光，答應了妍婷。

掛線後，她忽然感到每個人都背負着不同的使命來到這個世上，她也好像找到她的，就是要當朋友們的後盾。她開始把茶几上的藥丸放進瓶子裏，再把兩瓶安眠藥扔掉，腦海裏是許虹那句話：『只要活着，只要熬過難過的日子，總會有活得精彩的一天！』

若娟把東西收拾好後，就叫安雅打電話給允愉向她道歉。

　　「不打！」安雅不服氣地說。

　　「不打就別想留在我這裏！」

　　安雅只好打了，她給媽媽罵了兩句後，就說今天晚上想留住姨媽家裏睡，允愉也答應了。過了沒一會兒，安雅戰戰兢兢地說：「姨媽，我下個月生日，那件外套你送給我，當是生日禮物好不好？」

　　若娟笑了一笑：「小孩子幹什麼要穿那麼貴的衣服！」

　　「因為那外套好酷呀！而且我去年也沒有買過外套……姨媽，買給我吧，好不好呀？」安雅一直拉着若娟的手，邊晃邊撒嬌說。

　　「好了，好了，別再晃了，我的手快斷了！」

　　安雅隨即眉開眼笑，剛才的難過好像已經是幾千年前的事。她抱着若娟說：「謝謝你呀，姨媽！我就是知道姨媽是最好的。」

　　若娟也抱着安雅，臉上掛着兩行淚，想着：「謝謝你才對！」

　　當命運要她低頭，她唯一能夠做的就是堅持，堅持相信自己的能力，堅持相信沒有不可能的事。倚靠着這份堅持，倚靠着心裏燃燒的夢想，倚靠着溫暖人間的愛，她跟命運拚了又拚！

　　　＊　　　＊　　　＊　　　＊　　　＊　　　＊

靈的世界，幸兒在懇求天神。

「天神呀，請祢寬恕我妹妹。祢這樣懲罰她，她去到俗世，日子會好難過的。」

天神卻說：「我對你妹妹所做的一切，都是她能夠承受的。倘若她學不懂謙卑，繼續狂妄自大，必定會在俗世闖禍。到時候，她要面對的就只有無法承受的後果，一切都會太遲了！而且我不是讓你一輩子好運嗎？有你在她身邊，她終究會逢凶化吉。」

後記

　　從沒有想過要成為作家的我，因為很幸運地在「《隔離左右》——『沙劇』故事／劇本創作比賽」贏了公開組「最佳故事獎」，便開始對爬格子生出興趣。

　　人，決定作出一些新的嘗試後，總希望得到鼓勵和支持。我還記得那天，當我告訴我哥哥我想寫小說的時候，他的反應很直接：「寫啦！」其後他甚至幫我打聽哪家出版社肯幫我出版。我還記得那個深夜，我打電話給遠在波士頓的好友，戰戰兢兢的跟她說我想寫小說，她的回覆很簡單：「寫啦！」後來她還提議我在六月後面加一個中字，一個平平無奇的名字就這樣變得有趣，而我亦成為了「六月中」。當天、當晚，倘若他們的答案是：「就憑你？」結果可能會很不一樣！

　　「世界上有這樣的一種人，無需很努力，結果還是成功。世界上有這樣的一種人，無論怎努力，結果還是失敗。」可以說是我的人生體驗，而我往往是屬於後者。有一天，我因為某件事，承受着莫大的挫敗感。當時的我，悲、痛、憤！儘管淚流滿面，但我竟然會靈機一觸——我要寫一個兩姊妹的故事，她們一個一輩子走好運，一個一輩子走霉運。化悲憤為力量總比自怨自艾好！

　　當天靈光一閃的念頭，也成為了今天的《如果沒有那兩分鐘》。完成後，我覺得是時候給自己一個機會，畢竟我已努力了十年，不想再浪費時間在尋覓、等待之中，所以決定自資出版。

在過往向出版社叩門的那段日子，我被出版社侮辱過，被朋友揶揄過，放棄兩個字經常在我腦海裏徘徊。幸好身邊的他一直給我無比的支持，讓我無後顧之憂去做我喜歡做的事情；幸好在這寫作的路途上，有一個好朋友一直與我並肩而行，她時不時會勸我說：「既然你有寫作的能力，而環境又許可，你應盡情地去寫，不是每個人都有這樣的機會，其他的事情就交給神吧！」幸好還有一班真心支持我的朋友！

《如果沒有那兩分鐘》能夠出版成書，我想特別感謝以下的人：

三個博覽群書的人，一個是我大嫂，兩個是我好朋友 Betsy 和 Queendy，她們在故事結構上給予我很多寶貴的意見。

平面設計師 Yvonne 和小畫家 Alicia，她們在封面設計上給了我很多靈感。

五個潮流觸覺敏銳的朋友，Cecilia、Daisy、Juanita、Millie 和 Rebecca，她們的意見讓〈天生一棵搖錢樹〉變得更加生動。

古天農先生，他願意為我這無名小卒撰序，讓我感受到人間的溫暖。

那位對工作充滿熱誠的編輯，希望我沒有把她煩死。

當然還有購買了《如果沒有那兩分鐘》的你，因為你的支持，我得以在這艱辛的路途上繼續走下去。

我衷心希望每位讀者喜歡《如果沒有那兩分鐘》。這是我第一本出版的小說，但願它不會因銷情慘淡而成為我最後一本出版的小說！有緣再見！

如果沒有那兩分鐘

作者： 六月中

編輯： 若曦

設計： 4res

出版： 紅出版（青森文化）

地址：香港灣仔道133號卓凌中心11樓

出版計劃查詢電話：(852) 2540 7517

電郵：editor@red-publish.com

網址：http://www.red-publish.com

香港總經銷：香港聯合書刊物流有限公司

台灣總經銷：貿騰發賣股份有限公司

地址：新北市中和區中正路880號14樓

電話：(886) 2-8227-5988

網址：http://www.namode.com

出版日期： 2017年4月

圖書分類： 流行讀物／小說

ISBN： 978-988-8437-19-1

定價： 港幣78元正／新台幣310圓正